KB078656

가즈나이트 R
GodsKnight R

이경영 판타지 장편 소설
FANTASY FRONTIER SPIRIT

가즈 나이트 R 6

이경영 판타지 장편 소설

초판 1쇄 찍은 날 § 2011년 4월 26일
초판 1쇄 펴낸 날 § 2011년 4월 30일

지은이 § 이경영
펴낸이 § 서경석

총괄팀장 § 유경화
편집책임 § 박우진
편집 § 주소영

펴낸곳 § 도서출판 청어람
등록번호 § 제1081-1-89호
등록일자 § 1999. 5. 31
어람번호 § 제1-1241호

주소 § 경기도 부천시 원미구 심곡2동 163-2 서경B/D 3F (우) 420-822
전화 § 032-656-4452 팩스 § 032-656-4453
http://www.chungeoram.com
E-mail § chungeoram@chungeoram.com

ISBN 978-89-251-2499-5 04810
ISBN 978-89-251-2296-0 (세트)

이경영 판타지 장편 소설
FANTASY FRONTIER SPIRIT

가즈나이트R

GodsKnight R ⑥

CONTENTS

CHAPTER 23
응급처치

GodsKnight R

하이엘바인이 기억하는 간반테인의 모습은 검은색의 강철 지팡이였다.

　통칭 '마법'이라 칭하는 어떤 개념과 사상의 정수.

　간반테인을 길게 풀어쓰면 그렇게 될 것이다.

　오딘은 그 지팡이를 이용해 거인족을 비롯한 아스가르드의 적들을 퇴치하고 질서를 유지했다.

　하지만 지크가 들고 있는 간반테인의 모습은 그녀가 한 번도 본 적이 없는 물건이었다.

　게다가 두 개로 나뉘어 있었다.

하지만 하이엘바인은 그 오딘의 보물이 가진 새로운 모습이 그다지 신기하지 않았다.

간반테인뿐만 아니라 오딘이 창조한 모든 보물들은 그렇게 사용자에 맞춰서 그 형태가 알맞게 바뀌는 특징을 갖고 있었다.

그녀의 흥미를 끄는 것은 간반테인에서 발사되는 것들이었다.

간반테인의 끝에 뚫린 구멍을 통해 엄청난 파괴력을 가진 파란색의 불꽃이 날카로운 소음을 잡아끌며 하늘로 솟구쳤다.

그 불꽃은 전기의 또 다른 형태였다.

비록 작았지만 자연산의 천둥번개만큼이나 강력했고 노리는 지점이 명확했다.

생물들은 원래 체내에서 미량의 전기를 생산하고 이용한다.

생물에 따라서는 외적을 격퇴할 수준의 전기를 발생시키기도 한다.

하지만 지크가 만들어내는 전기는 단순한 호신용을 초월했다.

고급 마법 수준이라고 해도 될 정도로 강력하고 치명적이었다.

[이보게, 리오.]

그녀가 다급히 리오에게 정신감응을 요청했다.

[말씀하십시오, 하이엘바인님.]

리오는 가까스로 대답했다.

그는 강화장갑의 사용으로 갑자기 쌓여 버린 피로 탓에 주변에 있는 사물이 둘로 나뉘어 보일 만큼 시야가 흔들리고 있었다.

[지크 말일세, 예전에도 참 신기하다고 생각했는데 어떻게 저렇게 전기를 방출할 수 있는 건가? 저건 인간의 능력도, 마법의 능력도 아닐세.]

하이엘바인과 지크의 인연은 불의 별에서 시작됐다.

거기서부터 계산했을 때 실제로 만난 기간은 리오보다 지크가 조금 더 길다고 할 수 있었다.

당시 지크는 사바신, 레디와 함께 하이엘바인에게 도전했다.

하지만 지금과 달리 완전한 몸 상태였던 그녀와는 대결 자체가 안 됐다.

아까 지크가 하이엘바인을 보자마자 기겁한 것은 그때의 정신적 충격 때문이었다.

[하이볼크에게 받은 특징인가?]

리오는 이 정신없고 디급한 와중에 어떻게 대답을 해야 할지 막막했다.

하지만 이제 와서 숨길 필요는 없을 거라 판단하여 솔직히 말해주기로 했다.

[지크는 인간이 아니었습니다.]

[인간이 아니었다고?]

[전투를 위해 만들어진 인조인간이었지요.]

지크는 리오, 휀, 바이론 등과 근본적인 차이가 있는 존재였다.

선신계와 악신계가 주신계에 시간이 날 때마다 지적하는 것이 있다.

그것은 다른 세계에 비해 기술적으로 과도하게 발달한 어떤 세계의 문제였다.

그곳은 말이나 소 등의 중형 동물을 교통수단으로 삼지 않았다.

강철이나 그 외의 소재로 된 커다란 기계가 지상의 그 어떤 생물과는 비교도 되지 않을 만큼 빠른 속도로 사람들을 실어 날랐다.

인간이 하늘을 날아다니는 것은 당연했고 신성불가침의 영역인 우주에도 진출하여 자신들의 눈과 귀를 대신할 기계들을 무수히 띄워놓았다.

또한 자연적인 번식 외의 수단을 통해 새로운 생명체를 창조하는 영역에까지 도달했다.

그곳이 바로 지크의 고향이었다. 그리고 지크는 그들이 창조한 새로운 생명체였다.

[전기를 발생시키는 능력은 그로 인해 갖게 된 특징입니다.]

[그럴 수가……!]

그녀가 예상 외로 크게 놀라자 리오는 그녀가 지크를 멀리하지 않도록 수습하기로 했다.

[아, 하지만 지금은 아무 문제도 없을뿐더러 지크 자신도 그에 대한 강박관념에서 많이 벗어났으니…….]

[이 하이엘바인이 모르는 힘이란 말이로군.]

[예?]

리오는 갑자기 기계적으로 변한 그녀의 목소리에 놀라 고개를 들었다.

하이엘바인은 자신의 눈앞에서 열심히 간반테인을 작동시키는 지크의 모습을 냉정하게 살피고 있었다.

'하이엘바인님……?'

리오는 지금 잠깐 자신이 봤던 하이엘바인의 '변화'를 어떻게 생각해야 할지 떠오르지 않았다.

평상시라면 원하는 대답이 나오지 않았을 때 그냥 가만히 있었겠지만 지금은 마치 기계처럼 모든 상황을 분석을 하고 있었다.

리오는 이것이 과연 앞으로 좋은 일로 작용할지, 나쁜 일로 작용할지 감이 잡히지 않았다.

간반테인을 통과한 지크의 전기 탄환은 하늘에 깔린 파프니르들의 빛줄기들과 충돌했다.

파란색의 빛과 검은색의 빛들이 충돌하면서 발생한 폭발의 섬광들이 별들처럼 하늘을 장식했다.

하지만 그 장식물들을 마음 편히 바라보는 사람은 없었다.

지상에 있는 황금여우 왕국의 주민들은 집을 잃은 사람이든 잃지 않은 사람이든 가리지 않고 모두 두려움에 떨었다.

얼마 전에 도시를 파괴했던 '사건'의 공포가 다시 되살아나 그들의 신경 말단을 자극하고 있었다.

어쨌거나 지크는 혼신을 다해 탄환을 난사했다.

방아쇠를 당기지 않고 총을 쏘는 것이 너무 낯설었다.

하지만 자신이 그 하이엘바인과 리오 사이에서 뭔가 해내고 있다는 사실의 만족감과 흥분은 쉽게 가라앉지 않았다.

간반테인의 능력인지, 사격에 대한 지크의 감각이 뛰어나서인지 파프니르들이 뿌린 빛줄기들은 지크의 갑작스러운 등장 이후 대부분 차단됐다.

빗나간 것들은 도시에 미치지 못할 만큼 멀리 떨어진 곳에서 폭발했다.

계속되는 그의 사격에 파프니르들이 잠시 주춤했다. 그 틈을 보고 신이 난 지크가 왼팔을 위로 치켜들었다.

"봤냐! 이 지크님의 무시무시함을!"

그를 비웃듯 파프니르 사이에서 검은색 빛이 날카롭게 번뜩였다.

"어?"

지크는 그 빛을 보자마자 최면술에 걸린 듯 몸이 얼어붙었다.

그 빛이 자신의 목숨을 노리고도 남을 정도로 강력하다는 사실을 본능적으로 느낀 것이다.

팔뚝 굵기의 철봉처럼 압축된 파프니르의 숨결이 지크의 머리를 향해 날아왔다.

지크는 몸을 움직이려 했다.

하지만 아직 손에 익숙지 않은 간반테인을 난사하느라 딱딱히 굳어져 버린 그의 몸은 주인의 뜻에 쉽게 따라주지 않았다.

파프니르의 빛은 지크의 머리를 향해 손쉽게 꺾여 날아왔나.

바짝 솟은 그 빛의 첨단은 목표물의 머리를 꿰뚫을 의지로 점철되어 있었다.

그 순간 지크는 오른쪽 팔뚝이 으스러지는 강한 느낌을 받았다.

"으윽!"

검은색의 숨결이 지크의 어깨와 머리 사이를 지나 허공으로 날아갔다.

간발의 차이로 위기에서 벗어난 지크는 자신의 팔을 붙잡고 있는 하이엘바인 쪽을 봤다.

그녀가 잡아당겨 주지 않았다면 머리가 관통될 뻔했던 상황이었다.

"가, 감사합니다만……."

지크의 표정이 점차 구겨졌다. 그녀에게 붙잡힌 팔이 너무 아파서였다.

"저기, 이제 놔주셔도 될 것 같은데요?"

"지크 스나이퍼."

그녀가 눈을 크게 뜬 채 자신의 이름을 부르자 지크가 흠칫했다.

"네?"

불의 별에서 느낀 하이엘바인에 대한 공포가 지크를 다시 자극했다.

"자네가 필요하네."

동시에 지크의 몸이 들썩했다.

리오의 안색도 변했다.

"아니?"

하이엘바인의 오른손이 지크의 가슴 한가운데를 꿰뚫고 있었다.

"하이엘바인님!"

그녀에게 뭔가 큰 문제가 생겼다고 판단한 리오는 이름을 외치며 그녀가 있는 곳으로 날아오르려 했다.

하나 조금 떠오르는가 싶더니 다시 착지하여 무릎을 꿇었다.

강화장갑이 그에게 가한 부담은 그만큼 가혹했다.

'뭐야, 대체?'

그는 자신의 몸무게가 수백 배 이상 증가한 듯한 느낌을 받았다.

그게 차가이 이님을 말해주듯 그가 밟고 있는 땅이 망치에 맞은 케이크처럼 우그러들었다.

'나에게 적용되는 중력의 법칙이 이상 작용하고 있어!'

이처럼 순식간에 일이 꼬이는 상황을 오랜만에 겪은 리오는 어질어질한 머리에 손을 대고 하이엘바인 쪽을 다시 봤다.

하이엘바인이 지크의 가슴에서 손을 뽑았다.

눈으로는 분명 팔목 뒤쪽까지 몸속에 파고들어 가는 모습이 보였다.

하지만 지크의 가슴은 물론 그가 재킷 속에 입은 흰색의 티셔츠에는 아무런 손상이 없었다.

지크는 의식을 잃고 땅으로 떨어졌다.

'어이, 나 또 이런 역할이야?'

건물을 부수고 처박히는 그의 모습이 보기 안쓰러울 만큼 가련했다.

하지만 리오는 그쪽에 신경을 쓸 겨를이 없었다.

황금색 실선들이 하이엘바인의 오른손에서 비롯되어 그녀의 갑옷과 몸 전체에 흘러들어 갔다.

뒤이어 그녀의 온몸에 강한 전류가 흘렀다.

전류의 기세와 모양이 지크의 그것과 동일했다. 단지 색깔만 다를 뿐이었다.

"음……! 으윽!"

힘이 가득 섞인 신음이 그녀의 꽉 문 치아 사이에서 새어나왔다.

"하앗!"

뒤이어 터진 목소리가 천공을 울렸다. 그 목소리는 리오가 여태껏 들었던 하이엘바인의 목소리 가운데 가장 힘찼고 또

필사적이었다.

비록 지치긴 했지만 리오의 감각은 여전히 전처럼 날카로 웠다.

그는 하이엘바인의 몸에서 일어나고 있는 전류가 헤카테의 고리에 속박된 이후 감소했던 그녀의 힘을 다시 점화시키고 있음을 확인했다.

'어째서 저런 일이?'

리오는 하이엘바인이 지크의 가슴을 찌른 것과 그녀가 지금 방출하고 있는 전류, 그리고 빠른 속도로 활성화되고 있는 그녀의 힘 사이에 대체 어떤 관계가 있는지 매우 궁금했다.

문득 그는 이 땅에 쏟아지고 있는 빛의 양이 급격히 감소하고 있음을 느꼈다.

도시 주변의 호수와 강물로부터 물보라가 높이 치솟았다.

하늘로 올라간 그 대량의 습기는 먹구름으로 변해 하늘을 순식간에 물들였다.

갑작스레 만들어진 먹구름들 사이에서 번갯불이 사납게 튀었다.

굵직한 전류들의 무리가 은신처를 찾아 검은색 바위 사이를 움직이는 노란색의 뱀들과도 같았다.

그 사이에도 하이엘바인의 힘은 여전히 쉬지 않고 증가하고 있었다.

물러난 채 그녀를 살피던 파프니르들은 그냥 두고 볼 수 없다고 결론을 내린 후 일제히 흩어졌다.

간격을 넓게 두고 흩어진 파프니르들이 입을 벌리고 숨결 공격을 준비했다.

강화장갑을 사용한 상태로 파프니르의 숨결을 맞아봤던 리오는 압박감을 느꼈다.

그들의 숨결은 잘 훈련된 드래곤 이상으로 강력했고 무자비했다.

후폭풍만으로도 인간이나 그에 준하는 생물이 만든 도시 따위는 짓뭉갤 수 있었다.

그 폭발 지점에서는 일반 생물이 견딜 수 없는 수치의 독성 물질이 비산되었다.

도시 상공에 떠 있는 하이엘바인의 모습은 그런 이유로 인해 상당히 부적절했다.

하이엘바인이 혹시라도 그 자리에서 숨결을 받아친다면 도시는 폭발의 후폭풍과 독성 물질의 낙진으로 인해 지금보다 더 끔찍하게 변할 수도 있었다.

건물은 그렇다 치더라도 생명체는 독성 물질을 이겨낼 수가 없었다.

파프니르들의 숨결은 즉시 준비가 끝났다.

그 드래곤의 모습을 한 미지의 생물체들은 일시에 입을 벌리고 검은색의 숨결을 뿜어냈다.

"쿠오오옷!"

광선의 모습을 한 검은색의 숨결들이 하이엘바인에게 집중됐다.

"우아아아앗!"

하이엘바인의 고함과 동시에 하늘에 낀 먹구름으로부터 굵직한 황금색의 번개가 떨어졌다.

폭포수로 심신을 단련하는 사람처럼 번개를 흠뻑 뒤집어쓴 하이엘바인은 자신에게 몰려오는 검은색의 광선들을 뚫어지게 노려봤다.

'성공한다면, 성공한다면……!'

황금색으로 빛나는 그녀의 눈에서 전깃불이 튀었다.

'헤카테의 고리를 하나라도 극복할 수 있다면!'

파프니르의 숨결 중 하나가 하이엘바인의 얼굴을 강하게 때렸다.

뒤로 휘청한 그녀를 다른 광선들이 연이어 노렸다.

리오는 여차하면 목숨을 걸어서라도 그녀와 도시를 지킬 생각이었다.

그러니 그는 잠깐 꿈틀했을 뿐, 움직이지 않았다.

건물 속에서 겨우 의식을 되찾은 지크는 뒷목을 만지며 밖으로 나왔다.

마침 그의 눈앞에 하늘을 가로지르는 검은색의 광선들이 들어왔다.

광선들이 도착한 장소에는 황금색의 전류를 몸에 휘감고 있는 하이엘바인이 위용을 과시하고 있었다.

'뭐야? 내 거랑 비슷하잖아?'

그 전류는 지크에겐 너무나 익숙한 광경이었다.

또 한 차례의 숨결들이 닥쳐왔다.

하이엘바인은 이번에도 낙뢰로 몸을 휘감아 그것들을 받아냈다.

"어림없다!"

지크는 하이엘바인과 부딪히자마자 굴절되어 하늘로 날아가는 광선들의 모습에 아연실색했다.

'전자기장으로 주변을 왜곡시키시네? 부럽다!'

하이엘바인의 힘이 자신에게서 복제해 낸 힘이라는 것을 까맣게 모르고 있는 지크는 그저 감탄만 했다.

리오는 리오대로 그녀를 분석해 봤다.

'하이엘바인님이 사용하시는 힘은 분명히 지크의 힘이야. 하지만 왜 저렇게 차이가 나지?'

지크의 전류는 상대가 일반적인 존재라면 모를까, 전기에 대한 저항이 강한 초대형 생물이나 용족, 악마, 천사들에게는 공격을 위한 수단으로 적절치 않았다.

마법으로 만들어낸 강력한 낙뢰도 견뎌내는 그들이 자연적인 낙뢰보다 위력이 약한 지크의 전류에 피해를 입을 리가 없기 때문이다.

그러나 하이엘바인은 그 힘으로 낙뢰를 유도하여 전류의 힘을 증폭시키고, 그 과정에서 비롯된 강력한 전자기장으로 파프니르들의 공격을 왜곡시켜 주변에 아무런 피해 없이 일을 마무리 짓고 있었다.

'사용하는 사람이 다르기 때문에?'

리오는 그것 외엔 아무것도 떠올릴 수가 없었다.

두 차례에 걸친 숨결 공격이 허무하게 끝나자 파프니르들은 다시 한곳에 모였다.

가운데에 위치한 파프니르가 숨결을 모으고 주변에 있는 파프니르들이 그 숨결을 증폭시키기 위한 빛을 서로의 입에서 입으로 전달했다.

팔각형 모양으로 연결된 빛은 검보라색의 반투명한 장막으로 다시 변했다.

그에 경쟁하듯 하이엘바인의 몸에 흐르는 전류가 더욱 강해졌다.

"무엇을 꾸미든 소용없다!"

고함을 지른 그녀의 입술에 짭짤한 액체가 흘러들어 왔다.

그녀는 왼손으로 솜털 잔잔한 자신의 코밑을 쓰다듬었다.

왼손 엄지에 묻은 것은 빨간색의 피였다.

그녀의 피는 인간의 피와 달리 맑았고 방금 짜낸 과즙처럼 선명했다.

아까 파프니르의 숨결에 얼굴을 강타당하여 입은 부상이었다.

회복에 사용할 힘까지 전부 지금 상황에 쏟아부은 탓에 결국 피를 본 것이지만 그녀는 후회하지 않았다. 지크의 힘을 억지로 손에 넣은 것에 대한 죄책감도 지금만은 억누르고 있었다.

리오는 불길함을 느꼈다. 정확하게는 불길함이라기보다는 미지의 영역에 대한 의문이었다.

[하이엘바인님, 그만두십시오! 위험합니다!]

[위험하지 않은 싸움이 세상 어디에 있단 말인가!]

하이엘바인은 검지를 편 오른손을 머리 위로 추켜올렸다.

먹구름 속에서 흐르던 전류들이 하이엘바인의 검지를 향해 한꺼번에 쏟아졌다.

리오와 지크는 번개가 그녀에게 떨어진다기보다 억지로 빨려 들어가는 느낌을 받았다.

그것을 증명이라도 하듯 먹구름의 규모가 점점 줄어들었다.

사실 번개가 친다고 해서 구름의 규모가 줄어드는 일은 없다.

하지만 하이엘바인은 그 규칙을 가볍게 무시하고 구름의 존재 에너지를 번개로 바꿔 뽑아내고 있었다.

[자네만의 전유물이 아니란 말일세, 죽을 각오라는 것은!]

그녀가 파프니르들을 향해 손가락을 뻗었다.

　　　*　　　　*　　　　*

"바니, 사실 말이다."

토르는 황금색의 갑옷을 말끔하게 차려입은 자신의 어린 딸을 애칭으로 불렀다.

하이엘바인을 '바니'라고 부르는 자는 토르와 그의 부인 '시브', 그리고 하이엘바인의 형제들뿐이었다.

"우리들의 시대는 이미 끝났을지도 모른단다."

그러면서 그는 딸의 맑은 은발을 만져 주었다.

하이엘바인의 은발에 토르의 거친 손의 모습이 뚜렷하게 반사됐다.

"아버님?"

영문을 알 수 없다는 얼굴로 아버지를 부른 하이엘바인의 얼굴은 인간으로 치자면 10대 초반에 불과했다.

그녀는 그만큼 어렸다.

오딘에서 비롯된 아스가르드 신족 가운데 가장 어린 축에 속했다.

깊은 밤색 곱슬머리의 뇌신, 토르는 딸을 보며 미적지근하게 웃었다.

"신은 죽지 않아. 하지만 바뀌지. 너도 알다시피 우리 이전에 신들이 있었고 또 그 신들 이전에 다른 신들이 있었단다. 세대교체는 피할 수 없는 모양이야. 왠지 모르게 말이지."

그는 고개를 들어 세계수 유그드라실의 웅장한 모습을 그리운 눈으로 둘러봤다.

세계 전체의 기둥이 되고 있는 그 나무는 사실 나무의 모습을 한 건축물의 느낌이었다.

형용하기 힘든 굵기의 나뭇가지는 마르기 직전의 흙처럼 갈색이었다.

그 나뭇잎에는 상형문자를 닮은 문양들이 큼지막하게 새

겨져 있었다.

중앙 줄기의 껍질 사이에서는 넘치는 생명력을 상징하는 녹색의 빛들이 샘물처럼 힘차게 흘렀다.

"저 훌륭한 모습도 언젠가는 사라질 거다. 물론 난 신이니까 완전히 소멸될 때까진 잊지 못하겠지."

"저는 아직 신이 아닙니다, 아버님."

하이엘바인이 투정을 부리듯 말했다. 그 신족 소녀는 자신의 아버지가 왜 하필 지금 부정적인 이야기를 늘어놓는지 납득할 수가 없었다.

그녀가 지금 입고 있는 갑옷, '보르케다인 발키르'는 오딘과 토르가 오로지 하이엘바인만을 위해 합심하여 제작한 물건이었다.

그녀는 자신만의 갑옷이 제작된다는 이야기를 들은 순간부터 기대감에 부풀어 잠을 설쳐 댔다.

일반적인 인간의 소녀들이 새로운 드레스를 기대할 때와 똑같은 감정이었다.

"하하, 그렇지."

토르가 다시 웃었다.

"하지만 넌 아직 신이 돼선 안 된단다."

"예?"

토르는 갑옷을 껴입은 자신의 딸에게 두 팔을 뻗고는 그녀를 품에 안았다.

"바니. 너는 우리들의 이야기를, 전사들의 이야기를 미래까지 이어나가야 한단다. 종말을 향해 가고 있는 '아스가르드의 신'은 결코 이룰 수 없는 일이지."

"……."

"설령 미래의 신이나 그 졸개들이 우리를 해할 힘을 갖게 된다 하더라도 너만은 그것을 극복할 수 있을 거다. 우리에겐 독이라도 니에게는 그저 잠깐 앓고 끝나는 감기에 불과할 거야."

"무슨 말씀이신지 잘 모르겠습니다, 아버님."

토르는 품에서 딸을 서서히 떼어냈다.

"널 사랑한다는 말이란다."

하이엘바인은 그 말을 하는 아버지의 어색한 얼굴을 영원히 잊을 수 없을 것 같았다.

*   *   *

일순간 떠오른 토르의 기억이 왠지 낯선 하이엘바인이었다.

행방불명된 아버지를 되찾겠다는 마음은 항상 깊었지만 징작 아버지의 모습을, 아버지의 목소리를, 아버지의 이야기를 마지막으로 떠올린 것은 정확히 기억도 나지 않을 만큼 아득한 옛날이었다.

그리움이 그녀의 눈시울을 자극했다. 그러나 지금은 그럴 때가 아니었다.

"하아아앗!"

하이엘바인은 자신을 깨우듯 목청을 높였다.

파프니르를 향해 뻗은 그녀의 손끝에서 대량의 방전이 일어났다.

그와 동시에 리오는 고리 모양의 빛이 그녀의 몸에서 벗어나 끊겨 나가는 것을 목격했다.

리오는 그 고리의 느낌을 기억하고 있었다.

'헤카테의 고리?'

선신계의 장로 천사, 가브리엘이 그녀에게 걸었던 힘의 억제 수단. 리오는 그것이 총 여섯 개였음을 기억하고 있었다.

그 고리 중 한 개의 증발과 함께 하이엘바인의 손끝에서 들끓던 전류가 크게 증폭됐다.

"이어나가는 거다!"

하이엘바인은 고함을 질러 자신만이 기억하는 아버지의 오래된 당부를 강조했다.

굵고 날카로운 번개가 하늘을 찢으며 날아갔다. 그 목표물은 파프니르들이었다.

하이엘바인을 일격에 처단하기 위해 힘을 모으고 있던 파프니르들은 예상보다 빠르고 강력한 상대의 공격에 일순간 혼란을 느꼈다.

공격을 담당했던 파프니르가 급히 숨결을 토해냈다.

반격을 위해 쏟아낸 숨결은 다른 파프니르들이 위력을 증폭시키는 시기에 맞추지 못해 상대적으로 전보다 빈약했다.

하이엘바인의 번개가 몽둥이라면 파프니르의 숨결은 까만색의 젓가락에 불과했다.

그리고 두 힘이 충돌했다.

결과는 일방적이었다.

하이엘바인의 황금색 번개는 큰 뱀이 먹이를 삼키듯 파프니르의 검은색 숨결을 삼키고 불태우며 거침없이 전진했다.

결국 숨결을 내뱉었던 파프니르가 번개를 전부 뒤집어썼다.

다른 파프니르들은 일제히 그 지역에서 이탈했다.

감전을 피하기 위해 변형되었던 피부조직이 새하얗게 타들어갔다.

살점이 두껍지 않은 곳은 뼈의 역할을 하는 내부 기초가 드러날 정도로 손상됐다.

파프니르는 저항하기 위해 온 힘을 다했으나 결국 허사였다.

재생 속도가 파괴 속도를 따라가지 못했다.

그렇게 당해 버린 한 마리는 새카맣게 탄 채 땅으로 추락했다.

다른 파프니르들이 급강하하여 그 바짝 익은 동족을 받아냈다.

하이엘바인의 검지가 다시 하늘로 향했다.

거의 사라졌던 먹구름이 다시 일어나면서 강력한 전류가 대기를 구웠다.

"너희들 중 그 누구도 이곳을 나가지 못할 것이다!"

하이엘바인이 선언했다. 그 말을 인식한 파프니르들이 서로 눈빛을 주고받았다.

그들이 갑자기 손상된 동료를 위로 집어 던졌다.

그들은 시체를 발견한 까마귀처럼 달려들어 동료의 육체를 물어뜯었다.

하이엘바인의 번개에 의식을 잃은 파프니르는 동료들의 입질에 따라 허공에서 허우적거렸다.

날개가 뜯기고 목과 팔다리가 잘렸다. 몸뚱이도 강인한 턱과 이빨에 뜯겨 난잡하게 변했다.

그 잔혹함에 놀란 하이엘바인이 아주 잠깐 집중력을 잃었다.

'저들은 대체⋯⋯?'

동료를 비늘 하나 남기지 않고 섭취한 파프니르들은 이윽고 하늘 저편으로 사라졌다.

그들의 꽁무니를 한참 동안 바라보던 하이엘바인은 모든 유해한 기척이 사라지자 팔을 내렸다.

그녀에게 이끌려 강제로 소집됐던 먹구름들도 흩어져 맑은 하늘에 자리를 양보했다.

리오 앞에 내려온 하이엘바인은 갑옷을 거두고 그에게 다가갔다.

걸음걸이와 표정 모두 상당히 딱딱했다.

지크는 하이엘바인에게 찔렸던 가슴을 쓸며 그녀가 내려온 쪽으로 터벅터벅 걸어갔다.

그러다 갑옷을 해제한 하이엘바인의 모습을 처음 봤기에 흥미를 느꼈다.

한편으로는 익살스럽게 아래턱을 앞으로 쭉 내밀었다.

'선생님한테 혼나러 가는 애 같네.'

그렇게 느낀 지크는 피식 웃어 자조했다.

설마 하이엘바인이 리오 따위에게 혼나러 가겠냐는 뜻이었다.

이윽고 하이엘바인이 리오 앞에 뻣뻣한 자세로 섰다.

힘들어서 정신이 없는 리오는 파프니르들도 물러갔겠다, 만사가 다 귀찮았다.

하지만 일단 상대가 그녀인만큼 최대한 제대로 된 표정으로 맞이했다.

"훌륭하셨습니다, 하이엘바인님."

그러자 하이엘바인이 울컥했다.

"어서 날 꾸중해 주게! 욕하고 나무라란 말일세!"

듣고 있던 지크의 얼굴에서 핏기가 쑥 빠졌다.

'에에에에에에?

지크는 감정을 주체하지 못하고 머리를 감싸 쥐었다.

'꾸중? 욕? 그걸 왜 남자한테 강요하시는 건가요?

그의 얼굴이 하얗고 파랗게 변한 것을 미처 보지 못한, 아니, 볼 이유가 전혀 없는 리오는 한숨을 쉬고 싱겁게 웃었다.

"지금은 훌륭히 셨다는 말씀밖에는 못 드리겠군요."

하이엘바인이 곤란한 얼굴로 그를 응시했다.

"그, 그러지 말게. 난 자네에게 양해도 구하지 않고 지크에게 험한 짓을 했네."

"그 부분은 나중에 이야기해도 될 것 같습니다."

리오가 체력의 한계로 인해 한숨을 쉬었다.

"아무튼 잘하셨습니다."

지크는 더 큰 충격에 휩싸였다.

'어이! 잘했다고 칭찬하는 놈은 또 뭐야!'

그는 여태껏 리오가 하이엘바인을 상대로 어떻게 고생했는지 전혀 모르고 있었다.

그런 입장에서 지금의 광경은 그저 욕해주길 원하는 여자와 그런 여자를 칭찬하는 남자의 불온한 모습에 불과했다.

혼란에 빠지기 직전이던 그의 정신이 한순간에 제자리로 돌아왔다.

리오가 하이엘바인 앞에 풀썩 쓰러졌기 때문이다.

하이엘바인은 베여 쓰러지는 나무처럼 중력의 손아귀에 이끌려 넘어지는 리오의 모습을 넋 놓고 바라봤다.

그러다 흠칫 놀라서 그녀가 그를 붙잡았다.

"이, 이보게! 이보게!"

그녀가 손으로 리오의 등판을 흔들었다. 하지만 어느새 그의 적동색 몸을 흠뻑 적신 땀방울만이 힘없이 흘러내릴 뿐이었다.

공황 상태에 빠진 그녀는 도와줄 사람을 찾기 위해 주변을 두리번거렸다.

황금여우 부족 수인들은 어떻게든 돕자는 생각만 머릿속

에 담아둘 뿐, 놀란 몸을 진정시키지 못하고 그냥 가만히 있기만 했다.

그런 와중에 하이엘바인의 눈에 들어온 사람은 지크였다.

"와서 좀 돕게! 어서!"

"옙!"

지크가 그들 쪽으로 부리나케 뛰어갔다.

그는 당황하여 어찌할 바를 모르는 하이엘바인의 모습을 보고 의아해했다.

'원래 이런 분이셨나?'

지크가 기억하는 하이엘바인은 누가 기절한 것 가지고 가슴을 졸이는 여자가 아니었다.

그가 지금까지 알고 있는 하이엘바인은 지크 자신의 모든 기술을 가볍게 짓누른 뒤 무기를 쓸 가치조차 없다는 얼굴로 바라보며 짓밟은 고대의 괴물이었다.

리오의 상태를 살펴본 지크는 그가 달진했음을 감지했다.

'왜 이놈이 이렇게 됐지? 특별히 다친 곳도 없는데 지치다니, 말도 안 돼!'

동료들 가운데에서도 막강한 체력을 과시하던 리오가 이렇게 지친 것을 거의 본 일이 없던 지크는 일단 휴식할 만한 장소로 옮겨야겠다는 진단을 내렸다.

"장소가 좀 안 좋네요."

지크가 능숙한 솜씨로 리오를 일으킨 뒤 그의 복부에 자신의 오른쪽 어깨를 대고 단단히 짊어졌다.

"무슨 짓인가!"

하이엘바인이 버럭 소리쳤다.

"예?"

지크가 움찔했다.

"응급처치를 해야 하지 않는가!"

지크는 아연실색했다.

하지만 그녀가 자신이 느끼지 못한 어떤 부상을 느꼈을지도 모른다고 생각하여 일단 물어보기로 했다.

"저어, 좋은 방법이 있을까요?"

"인공호흡을 하게!"

지크는 자신의 머릿속 한구석에서 뭔가 와장창 부서지는 소리를 들었다.

"무슨 호흡이요?"

"인공호흡!"

하이엘바인의 얼굴은 귀엽게 보일 정도로 상기되어 있었다.

"이럴 때는 인공호흡을 해야 한다고 배웠단 말일세!"

"누구한테요?"

"루이체가 그랬네만?"

지크는 마음속에서 뭔가 부서지는 소리를 다시 들어야만 했다.

여태껏 부서진 것들의 이름은 바로 '인내심' 이었다.

"걔 원래 그런 애예요!"

소리를 빽 지른 지크는 손으로 자신의 이마를 짚었다.

리오의 문제로 인해 당황하고 있다가 혼쭐이 난 하이엘바인은 우물쭈물하기만 할 뿐 숨소리도 함부로 내지 못했다.

여기 있는 인물 가운데 가장 혼란스러운 자는 사실 지크였다.

그는 영문도 모른 채 갑자기 이곳에 뚝 떨어진 탓에 지금까지 이곳에서 어떤 일이 어떻게 진행됐는지 전혀 알지 못했다.

이곳에 오기 전에 마지막으로 본 것은 오딘과 제우스가 벌이는 희대의 주먹싸움이었다.

그 전례없는 타이틀매치와 그가 이곳에서 맞닥뜨린 일들은 연관성이 거의 없었다.

단지 자신이 떨어져도 하이엘바인과 리오가 있는 곳에 떨어진 것은 우연이 아니리라 짐작만 할 뿐이었다.

'이 녀석이라도 멀쩡했으면 모르겠는데…….'

지크는 옆에 짊어진 리오를 흘끔 쏘아봤다.

'다른 놈도 아니고 왜 네가 뻗어버리는 거야? 여기서 나보고 어쩌라고?'

의지할 곳을 찾지 못하여 오는 심리적 압박감이 지크의 심장과 폐를 짓눌렀다.

그는 이마에서 손을 내리고 하이엘바인을 다시 봤다.

그녀는 땅바닥에 장발을 늘어뜨린 리오를 바짝 언 얼굴로 바라보고 있었다.

그녀에게선 혼란 외의 여념은 보이지 않았다.

지크가 아래로 내리고 있던 왼손을 쥐었다.

'아냐. 생각을 멈추면 안 돼.'

멈춰 버린 바람의 종점은 단 하나, 소멸이다.

오딘이 한 그 말이 혼란스럽기만 하던 지크의 머릿속을 조금 편하게 해주었다.

"인공호흡 말인데요."

"응?"

그녀가 놀란 토끼처럼 퍼뜩 지크를 돌아봤다.

"어떻게 하는 건지 아세요?"

질문을 한 그는 장난을 치는 소년처럼 웃고 있었다.

하이엘바인은 고민했다.

"음……."

그녀는 루이체에게 '위급 상황 시 인간에게는 인공호흡을 사용해야 할 때도 있다'라는 말을 간단히 들은 적밖에 없었다.

아주 잠깐 스치듯 들은 그 조언을 기억해 낸 것도 어찌 보면 대단한 일이었다.

"손을 몸속에 넣어서 폐를 주무르면 되는 건가?"

"그건 고문이고요."

"나, 난 할 수 있네! 폐뿐만 아니라 심장도 상처 내지 않고 주무를 수 있단 말일세!"

지크는 손을 쥐락펴락하는 하이엘바인의 모습이 무서웠다.

"그렇게 하는 게 아니라니까요?"

"그럼 자네는 어떻게 하는지 알고 있나?"

"물론이죠. 주신계에 정식으로 소속되기 전부터 배운 게 인공호흡이에요."

"오오."

걱정으로 어둡던 하이엘바인의 표정이 쨍하고 밝아졌다.

"그럼 자네가 해보게!"

"네?"

지크는 흠칫했다.

'아뿔싸!'

하이엘바인이 그의 붉은색 가죽재킷을 붙잡았다.

"어서 해보게! 위급한 상황이 아닌가!"

그녀는 애원했고 지크는 속이 뒤집혔다.

'이런 흔한 패턴에 내가 빠질 줄이야!'

그는 어떻게든 상황을 무마시켜야겠다고 생각했다.

"아, 알았으니 진정하세요. 리오는 탈진한 것뿐이에요. 그건 제가 보장해 드릴 수 있어요."

"진담인가?"

"물론이죠. 인공호흡 방법은 나중에 리오가 깨어나면 물어보세요."

그녀가 조금 안심하는 기색을 보이자 지크는 얼른 주변에 있는 수인들에게 손짓을 했다.

"저기, 사람 좀 눕힐 만한 곳 있어요?"

황금여우 수인들이 그제야 움직였다.

"이쪽으로 오시오! 천막 하나를 내어드리겠소!"

황금여우 부족은 도시를 지켜준 은인에게 거리를 둘 만큼 의심이 많은 자들이 아니었다.

천막을 내어준다는 말을 시작으로 인근의 수인들 전체가 리오 일행을 돕기 위해 부산히 움직였다.

그들의 안내에 따라 지크가 리오를 옮겼다.

하이엘바인은 리오의 머리카락이 땅에 끌리는 것을 보고 두 손으로 그의 머리를 곱게 받쳐 든 채 조심히 지크의 뒤를 따랐다.

수인들이 안내해 준 천막은 낡긴 했지만 상태가 괜찮은 편이었다.

구멍이 뚫린 곳도 없었고 냄새도 나지 않았다.

지크는 재빨리 리오의 망토와 장비를 모두 풀어 천막의 간이침대 위에 눕힌 뒤 담요를 다리 밑에 받쳐 하체를 높게 했다.

이어서 망토로 그의 몸을 덮어 체온을 유지시켰다.

그는 리오의 망토가 최고의 체온 유지 도구임을 잘 알고 있었다.

"이것으로 괜찮겠나?"

하이엘바인이 묻자 지크는 리오의 이마를 손으로 짚으며 고개를 끄덕거렸다.

"자세만 잘 잡아주면 돼요. 물수건이나 마사지 같은 건 자체 재생 능력보다 못해서 굳이 할 필요가 없죠."

지크가 씩 웃었다.

"보세요. 체온이 벌써 돌아오고 있잖아요."

"그래?"

하이엘바인은 지크가 했던 것처럼 오른손의 장갑을 벗고 리오의 이마를 짚었다.

땀은 건강하게 축축했고 그 밑으로 빠르게 안정되고 있는 체온이 느껴졌다.

"다행이군. 정말 다행이야."

안도의 미소를 지은 그녀는 뿌듯한 눈으로 지크를 쳐다봤다.

"자네 정말 침착하고 훌륭하군. 진심으로 자네를 다시 봤네."

지크의 짙은 검은색 눈썹이 멋쩍게 까딱거렸다.

"기본이죠."

"그, 그런가?"

기본이라는 것을 해내지 못했던 하이엘바인은 꽤 상심했다.

다른 이도 아니고 리오에게 해주지 못했다는 것이 특히 더했다.

하이엘바인은 엄지만 움직였다.

그녀의 엄지 끝이 리오의 콧날을 지나 코끝으로 서서히 등반했다.

지크는 건너편 간이침대에 앉았다. 그 소리에 하이엘바인은 얼른 손을 뗐다.

지크는 리오를 보며 회상하듯 말했다.

"한참을 저 녀석 뒤꽁무니만 따라다녔어요."

"뒤꽁무니?"

그녀가 의아해하자 지크는 씁쓸히 웃었다.

"저 녀석이 저보다 강하잖아요. 경험도 많고."

"음."

그리고 사람들을 이끌어준다. 그녀는 그 말이 하고 싶었다.

"저는 녀석보다 강해지고 싶었고, 녀석보다 주목을 받고 싶었어요. 지금도 그렇지만요."

지크가 멋쩍어했다.

"녀석을 능가하겠다며 온갖 임무를 해결하는 사이에 알게 됐죠. 녀석이 어떻게 강해졌는지, 어떻게 경험이 많아졌는지, 그리고 제가 왜 저도 모르게 녀석을 능가하고 싶어졌는지 말이죠."

그는 하이엘바인을 흘끔 봤다.

그녀의 눈동자가 황금색일 때는 그저 무섭기만 했으나 지금처럼 파란색일 때는 뭐든 얘기해도 될 것 같은 편안함이 느껴졌다.

"녀석은 저보다 훨씬 더 두려워했었고, 훨씬 더 긴장했었고, 훨씬 더 실패했었던 거예요. '훨씬'이라는 말로는 계산이 안 될 정도겠죠."

지크는 시선을 아래로 내렸다.

"그런 과정을 거친 녀석이 앞에서 이끄는데 누가 따라가지 않겠어요?"

"……."

하이엘바인은 알기에 아무 말도 하지 않았다.

루이체와 쑤밍이 도착한 것은 그로부터 반 시간 뒤였다.

*　　　*　　　*

한참이 지난 뒤에 의식을 되찾은 리오는 그늘진 천막의 내부를 살피며 일어났다.

'기절했었나?'

쓴웃음을 지은 그는 옆에 놓인 도자기 물병의 뚜껑을 열고 물을 한참 들이마셨다.

팔뚝만 한 병에 한가득 든 물을 모두 마셨지만 여전히 부족했다.

갈증이 그의 목과 혀의 뒤쪽을 간질였다.

'엉망이로군.'

그는 두 손으로 얼굴을 마사지했다.

'휀 녀석은 대체 나한테 뭘 준 거야?'

그는 자신에게 강화장갑을 전해준 휀을 일단 탓하기로 했다.

'하긴, 단순한 보호구라고 생각했던 내가 바보지.'

강화장갑은 아주 단순했다. 리오의 두 어깨, 가슴 위쪽, 그리고 두 팔만 보호해 주었다.

방어 능력은 확실했고 손상되면 리오의 체력을 사용하여 자가 수리가 가능했다.

그런데 그것 외의 포인트가 있었다.

바로 중력이었다.

'중력의 법칙을 과도하게 비트는 녀석이었어. 그러니 뭘 맞아도 뒤로 밀려나는 일이 없었겠지.'

그는 앞머리를 쥐어뜯듯 긁었다.

'몸무게가 최대 수천 배까지 증가한 것도 모르고 날아다녔으니 아무리 나라고 해도 버틸 리가 없지. 아무래도 이 강화장갑은 하늘에서 쓸 만한 물건이 못 되겠군.'

마침 가벼운 굶주림이 그의 위장을 쥐어짰다.

더불어 익숙한 목소리들끼리 다투는 소리가 그의 귀에 들려왔다.

리오는 디바이너를 비롯한 자신의 장비들이 천막 내에 있는지 잘 확인한 뒤 망토를 걸치지 않고 천막 밖으로 나갔다.

그는 싸움소들처럼 서로를 노려보며 싸우고 있는 루이체와 지크를 일단 확인했다.

하이엘바인과 쑤밍은 둘을 말리느라 여념이 없었다.

하지만 그건 마음뿐, 둘 다 말 한마디 못한 채 끙끙거리고 있었다.

"갑자기 나타나서 무슨 소리를 하는 거야! 응급처치 방법 중에 인공호흡법이 있다고 말씀드린 게 뭐가 나빠!"

제일 목소리가 큰 사람은 루이체였다.

"그럼 제대로 설명드려야 할 거 아냐! 잘못했으면 손으로 리오 녀석의 폐를 주무르실 뻔했다고!"

지크도 만만치는 않았다.

"설명 못 드리고 시범도 못 보여 드린 건 인정하겠지만, 설마 여기서 일이 그렇게 될 줄 누가 알았겠어!"

"그런 걸 가르쳐 드릴 시간도 없었어? 그게 말이 돼?"

"예고도 없이 뚝 떨어진 사람한테 듣고 싶지 않아!"

"내가 좋아서 여기 떨어진 줄 알아? 내가 왜 예고도 없이 이곳에 떨어졌는지 가장 궁금한 사람은 바로 나야!"

"왜 그 얘기를 지금 하는 거야? 지금 그 얘기가 나올 때냐고!"

"네가 먼저 꺼냈잖아!"

루이체와 지크의 싸움에는 날이 꽤 서 있었다. 또한 언제나 그랬듯이 논점이 이리저리 튀고 있었다.

리오는 자신의 폐가 있는 늑골 위를 만지며 인상을 찡그렸다.

'다 좋은데 인공호흡 얘기는 왜 나오는 거지?'

그들에게 다가가던 리오는 누군가가 자신을 향해 팔을 흔드는 모습을 목격하고 걸음을 멈췄다.

그를 부른 사람은 몸에 딱 달라붙은 검은색 가죽옷 차림의 여성이었다.

'누구지?'

그녀의 주황색 커트머리와 갈색 피부, 그리고 제법 진한 화장을 자세히 살펴보던 리오는 고개를 좌우로 연신 가로저었다.

'서룡족인데……. 왜 저기 있지? 아니, 그보다 어디서 만난 것 같은데……?'

리오는 기억을 더듬어봤지만 그 여성에 대한 것은 아무것도 떠오르지 않았다.

"후후, 남자라는 생물은 꼭 저렇다니까?"

그녀는 자신의 뒤에 앉혀놓은 자의 목덜미를 물건 집듯 집어 발 앞에 내려놓았다.

"인상적인 여자만 기억하는 법이지."

그녀가 내려놓은 것은 안대와 재갈, 쇠사슬로 몸이 완전히 구속된 케롤이었다.

그는 희미하게 신음 소리를 냈다.

"케롤?"

그 악마의 생각지 못한 꼬락서니에 놀란 리오는 고민에 빠졌다.

'적인가? 아냐, 적이었다면 루이체와 쑤밍까지 붙잡았겠지. 하지만 케롤을 저렇게 사로잡을 만큼 강한 서룡족은 그다지 많지 않을 텐데?'

그는 대체 어느 문제를 먼저 건드려야 할지 결정하기가 어려웠다.

그는 목례로 주황색 머리의 서룡족에게 간단히 양해를 구했다.

서룡족에 대한 예의이자 여성에 대한 예의였다.

이후 그는 지크와 루이체의 싸움판으로 갔다.

"사람들 보는 앞에서 뭐하는 거야?"

그의 목소리가 들리자마자 한참 제각각이었던 하이엘바인과 루이체, 쑤밍의 표정이 똑같아졌다.

"리오 오빠!"

루이체가 소리를 지르며 그의 오른팔에 매달렸다.

"걱정했지 말입니다, 스승님!"

반대로 쑤밍은 그의 왼팔을 붙잡았다.

그의 오른팔과 왼팔은 그녀들이 아주 어렸을 때 합의를 본 '지정석'이었다.

물론 리오 본인은 그 사실에 대해 전혀 모르고 있었다.

"괜찮은 거야? 오빠 얼굴이 빨개!"

루이체가 그의 얼굴을 손으로 더듬었다. 지크와 말싸움을 하는 동안 주먹을 꽉 쥐고 있던 탓에 그녀의 손은 제법 뜨거웠다.

"내 얼굴은 원래 좀 빨개."

리오는 그렇게 슬쩍 웃어넘겼다.

다음 차례는 쑤밍이었다.

그녀는 리오의 팔을 힘을 주어 붙들었다.

"탈진하셨다고 들었지 말입니다!"

"응. 배는 좀 고프네."

그는 이번에도 부드럽게 넘겼다.

"난 괜찮으니까 잠깐 있어봐. 애기들도 아니고, 사람들이 흉본다고."

둘에게서 풀려난 리오는 늘 하던 대로 그녀들의 등과 머리를 어루만져 주었다.

그 꼴을 보는 지크의 눈은 그리 곱지 못했다.

'저 진드기들. 어렸을 때나 지금이나 똑같이 날 우울하게 만드는군. 너희들이 무슨 흡혈박쥐냐?

질투심으로 투덜대던 그가 우연찮게 하이엘바인을 보고 깜짝 놀랐다.

그녀는 리오와 루이체, 쑤밍을 하염없이 바라보고 있었다.

'어?'

하이엘바인은 지크가 자신을 보는 것도 모른 채 손으로 자신의 등과 머리를 어루만져 봤다.

그녀는 리오가 루이체와 쑤밍에게만 해주고 자신에겐 해주지 않는 그 '신체 접촉'이 과연 어떤 효과를 발휘하는지 궁금하여 직접 시범을 해보고 있었다.

최근 그녀는 리오가 자신에게만 신체 접촉을 하지 않고 있음을 깨달았다.

있다 하더라도 예전에 어쩌다 팔뚝을 잡힌 것이 고작이었다.

루이체, 쑤밍이 리오와 같은 천막 안에서 잠을 자는 것과는 매우 대조적인 상황이었다.

지크의 마음이 더욱 우울해졌다.

'내가 아는 하이엘바인님은 저렇지 않아!'

지크는 두 손으로 얼굴을 가리고 그 사이로 한숨을 내쉬었다.

마침 지크에게 인사를 하려고 했던 리오는 그럴 분위기가 아니라고 생각되어 슬쩍 지나갔다.

분위기가 이상한 사람은 지크만이 아니었다.

하이엘바인은 손으로 자신의 등판을 만지느라 매우 분주했다.

'진지하게 생각해야 할까?'

오랜만에 어이가 없어진 리오는 하이엘바인 앞에서 헛기침을 했다.

"흠. 괜찮으십니까, 하이엘바인님?"

"아, 난 괜찮네."

그녀가 정신을 차리고 자세를 정돈했다.

"자네야말로 어떤가? 정말 괜찮은 건가?"

그녀는 소중한 것을 살피듯 그의 속눈썹 한 올까지 따져 봤다.

눈웃음과 끄덕임으로 안심하라는 뜻을 전한 그는 자신이 의식을 잃기 전의 상황을 얘기해 보기로 했다.

"헤카테의 고리가 끊어지는 느낌을 받았습니다만."

그것은 상당히 중요한 문제였다.

"한 개를 끊을 수 있었네. 모두 지크 덕분일세."

리오는 그녀가 지크의 가슴에 손을 박아 어떤 일을 하는 광경을 기억해 냈다.

"지크의 힘으로 헤카테의 고리를 끊어내신 것입니까?"

"그렇다고 볼 수 있네."

그녀가 자랑스레 끄덕끄덕했다.

"아스가르드의 신족은 식량을 섭취하는 것 외에도 세상에 존재하는 원소를 온몸으로 섭취하여 자신의 힘으로 삼는다네. 헤카테의 고리는 내가 흡수한 원소의 힘이 몸에 흘러들어 가는 것을 완전히 막아버리지. 힘을 발휘하는 것도 막지만 나에게 있어서는 흡수를 막는 것이 더 치명적이라네."

"그래서 지금까지는 오로지 식량으로만 힘을 보충하셨던 것이군요."

"그렇다네."

한편, 앞에 무슨 상황이 있었는지 전혀 모르는 지크는 별로 감흥이 없는 얼굴이었다.

그러나 그녀의 폭식을 몇 번이나 봤던 루이체와 쑤밍은 내심 안도했다.

"그렇다면 지크의 힘이 어떻게 작용하여 헤카테의 고리가 끊어진 것입니까?"

리오가 계속 자신만을 보며 질문하자 하이엘바인의 표정이 점점 좋아졌다.

"음. 난 오딘님과 다르기 때문에 내 몸에서 직접 원소의 힘을 만들어낼 수 없다네. 단순하게 말하자면 극단적인 소비 생물이지."

지크는 마치 잘한 일을 칭찬받길 원하는 소녀처럼 가볍게 상기된 하이엘바인의 표정을 놓치지 않았다.

'그래, 자주 보던 상황이야. 그리고 나를 가장 비참하게 만드는 상황이기도 하지.'

그가 이유없는 질투심에 휩싸이는 한편, 하이엘바인의 얘기가 계속됐다.

"그런데 지크는 스스로 전기를 만들어낼 수 있더군. 힘을 흡수하여 내 것으로 만들면 전기를 만드는 데 필요한 모든 원소를 스스로 생산할 수 있을 것이라 예상했네. 그리고 그 생각이 적중했지."

그녀가 오른손을 폈다.

그녀의 연분홍색 손바닥 위에 아주 작은 황색 전깃불들이 찌릿찌릿 나타났다 사라졌다.

"지크에게 얻은 인자를 분석한 결과 이 발전(發電) 능력은 정말 놀랍더군. 단순한 정전기가 아니었네. 운용만 제대로 한다면 이 힘으로 번개를 부를 수도 있지."

"예?"

오랫동안 지크를 알아왔지만 지크의 그 힘에 그런 능력이 있다는 사실을 처음 알게 된 리오는 놀라지 않을 수 없었다.

리오가 그렇게 놀라는 얼굴을 그다지 본 일이 없었던 하이엘바인은 왠지 기분이 들떴다.

"번개가 칠 만한 구름을 만들고 그 구름을 움직이게 하는 바람을 일으키는 것이네. 힘이 닿는 한도 내에서 기상현상을 뒤틀 수 있다는 말이지!"

"그렇습니까?"

리오가 다시 놀라 묻자 하이엘바인도 놀랐다.

"정말 몰랐나?"

모두의 시선이 지크에게 쏠렸다.

"오빠, 그런 재주도 있었어?"

"모, 몰라. 오늘 처음 들어."

질문을 받은 지크는 고개를 빠르게 털었다.

"하하, 이상한 일이로군."

하이엘바인이 가볍게 웃었다.

"아무래도 사용할 계기가 없었던 것 같군. 내가 해냈으니 자네도 할 수 있을 것이네. 믿어도 되네."

하이엘바인이 엄지를 척 들었다.

그것은 지크가 최근 들은 이야기 가운데 가장 신나는 이야기였다.

"아무튼 지크의 인자를 복제하여 내 것으로 맞추니 해당 원소의 흐름을 방해하던 헤카테의 고리를 안팎으로 압박하여 끊을 수 있었네. 여섯 개 중에 하나가 끊어졌으니 아직 큰 변화는 없겠지만 이제 좀 덜 먹어도 되겠지."

"여러 가지로 반가운 이야기로군요."

리오는 안심하여 웃었다. 그러나 하이엘바인의 표정은 다시 어두워졌다.

"아무튼 자네에게 미안하네. 내 멋대로 지크에게 손을 대서는……."

"사과하실 일이 아닙니다."

그의 말에 지크가 눈을 부릅떴다.

'어이, 당한 건 네가 아니라 나라고, 나! 사과하고 말고는 내가 결정해야지!'

그는 그렇게 쏟아내고 싶었지만 목을 붙잡고 참았다.

리오의 손이 움직였다.

하이엘바인의 두피 신경과 어깨, 등판의 신경이 어떤 기대감에 바짝 긴장됐다.

하지만 리오는 자신의 허리에 손을 댔나.

"아까도 말씀드렸듯이 정말 잘하신 겁니다."

"으음."

기대감이 풀려 버리긴 했지만 하이엘바인은 칭찬을 받아 뿌듯했다.

그녀는 아버지와 오딘에게 칭찬을 받은 이후 이렇게 기쁜

것도 오래간만이었다.

그러나 거기까지였다.

"이제 제가 굳이 도와드리거나 가르쳐 드리지 않아도 될 것 같군요."

물론 리오는 정말 기쁜 마음에 꺼낸 말이었다.

하이엘바인이 갑자기 웅크려 앉았다.

"하, 하이엘바인님? 왜 그러십니까?"

리오는 당황했지만 상심한 하이엘바인은 고개를 들지 않았고 말도 하지 않았다.

그 모습에 쑤밍이 훌쩍거렸다.

지크가 눈을 크게 뜨고는 그녀를 물끄러미 봤다.

"어, 넌 왜 울어?"

"당해보지 않은 사람은 모르지 말입니다."

지크는 고슴도치처럼 적당히 깎아 멋을 낸 자신의 뒷머리를 손으로 긁적거렸다.

'치정에 얽힌 에피소드가 사방에 널려 있군. 여긴 혼자 사는 남자를 벌주는 지옥이냐?'

그들의 이야기가 끝나기를 기다리던 주황색 커트머리의 서룡족 여성, 카이리 블랙테일은 하품으로 따분함을 달랬다.

"행복하기도 해라. 아무래도 내가 가서 말을 걸어야 기회가 오겠네. 안 그러니?"

　그녀는 옆에 구속되어 앉아 있는 케롤의 둔부를 끝이 조금 뾰족한 전투화로 쿡쿡 찔렀다.

　"으읍, 읍!"

　현재 보는 것도, 듣는 것도 불가능한 상황인 케롤은 애벌레처럼 꿈틀거렸다.

CHAPTER 24
검은색 이야기

"이쪽에도 관심을 주면 안 될까?"

카이리가 리오에게 다가와 말을 걸었다.

리오는 앞서 그녀가 서룡족임을 확인하긴 했지만 섣불리 대해서는 안 될 것이리 생각했다.

그녀의 겉모습에서 이상하리만치 깊은 연륜을 느꼈기 때문이다.

'장로 대신을 뵐 때와 비슷하군.'

그가 떠올린 장로 대신이란 서룡족 정치의 이인자이자 실질적 일인자인 '클로머트 라스프링고'였다.

무려 3대의 서룡족 제왕을 보좌한 그는 은퇴의 범위를 아득히 벗어난 나이의 소유자였다.

여태까지 세 명의 부인과 사별했으며 자손은 이미 5대손까지 봤다.

집필한 책의 권수는 네 자릿수였다.

원래는 선대 제왕, 알렉산더 레비턴스가 자리를 잡을 무렵에 은퇴를 할 예정이었다.

하지만 알렉산더가 요절하면서 그의 노후가 꼬이기 시작했다.

지금은 현세대 제왕이자 정치적으로 힘이 없는 바이칼 레비턴스의 정치적 보좌를 위해, 그리고 서룡족의 안위를 진심으로 걱정하는 수많은 사람들에 의해 상당한 무리를 하고 있었다.

그 대단한 존재와 비교해서 조금 부족한 듯한 연륜을 풍긴다는 것은 보통 일이 아니었다.

'케롤의 일도 있으니 조심스럽게 접근해야겠군.'

그가 생각을 마치는 찰나였다.

"하이엘바인이라 하오."

하이엘바인이 어느새 일행 앞에서 카이리를 맞이하고 있었다.

리오에게 볼일이 있었던 카이리는 어디서 나타난 계집이

냐며 무시를 하려던 찰나였다.

하지만 하이엘바인이라는 이름을 듣고 냉철히 생각을 바꿨다.

"아크 디사이플님?"

그 호칭은 하이엘바인 개인에겐 그리 달갑지 않은 말이었다.

그녀가 브리간트의 명령으로 불의 별에서 일을 할 때 불렸던 이름이기 때문이다.

"아아, 하이엘바인님. 브리간트님의 임무를 다하신 고귀한 아스가르드 신족이시여. 이곳에 계시다는 말씀은 쑤밍에게 들었습니다."

그녀가 정중하게 몸을 낮췄다.

카이리의 그 태도에 하이엘바인의 감정이 약간 누그러졌다.

"저는 블랙테일 부족의 족장인 카이리 블랙테일이라 합니다. 소인의 늦은 인사를 부디 용시하십시오."

인사를 한 카이리가 빙긋 웃었다.

"불의 별에서 나오신 지 얼마 안 된 분께서 이곳에 계실 줄은 몰랐습니다. 설마 정식으로 주신계의 일을 도우시는 것은 아니시겠지요?"

"음, 아니오. 아직 수습이라오."

그 대답을 들은 카이리의 눈매가 약간 매서워졌다.

"그렇다면 하이엘바인님의 책임자는 누구입니까?"

"리오라오."

하이엘바인이 조금 긴장했다.

"그렇군요. 그렇다면 소인에게 잠시 시간을 주십시오. 중요한 공무가 있습니다."

"아, 알겠소."

사적인 문제로 얘기를 나눌 때가 아니라는 카이리의 의지를 강하게 전달받은 하이엘바인은 할 말을 잃고 뒤로 물러났다.

카이리는 리오를 보고 다시 웃었다.

"오래간만일세, 리오. 나를 기억하나?"

"잘 모르겠습니다. 뵌 것 같기도 하고……."

리오가 어중간하게 말하자 카이리는 아쉬워했다.

"서룡족 여덟 개 부족의 반란 사건은 기억하지?"

"물론입니다."

"그때 크림슨해머 부족을 처리한 자가 바로 나야. 잠깐 스쳤을 텐데?"

리오는 즉시 당시를 회상해 봤다.

'여덟 개 부족 반란 사건'이란 수많은 서룡족 부족들 중에서 가장 큰 군사 규모를 갖춘 여덟 개의 부족이 바이칼에 반대하며 일으킨 사태를 말한다.

그들이 반대를 한 이유는 간단했다.

바이칼이 신과 용족 사이에서 태어난 아이임에도 불구하고 역대 서룡족 제왕이 모두 통과한 '불의 별의 시련'을 실패했기 때문이다.

하지만 그것은 명분일 뿐, 실제로는 세습에 대한 불만이었다.

'레비턴스'라는 성씨와 제왕의 피를 이어받은 자만이 서룡족의 제왕 자리를 계속해서 차지하는 것에 대한 불만은 몇몇 큰 부족들을 중심으로 오랜 세월 동안 쌓여오고 있었다.

서룡족 조정의 신하들은 당연히 토벌군을 꾸려 그들을 멸족시키자고 주장했다.

그러나 클로머트 라스프링고만이 자신의 모든 정치적 입지를 걸고 그것을 반대했나.

불의 별에 대한 문제 때문에 소문이 안 좋은 상황에서 동족간의 전쟁이 벌어지면 그것은 멸족이라는 수단으로도 붙잡을 수 없는 부작용의 시발점이 될 수도 있다는 계산이었다.

그는 일의 해결을 위해 주신계에 도움을 청했다.

그리고 주신계에서는 최소한의 출혈로 최대한 빨리 사건을 마무리 지으라는 지시를 리오에게 내린다.

성공한다면 바이칼이 주신계의 지지를 받고 있다는 사실을 널리 알릴 수 있을 뿐만 아니라 동족 간 전쟁에서 오는 부작용도 막을 수 있다는 클로머트의 의견을 모두 수용한 조치였다.

놀랍게도 리오는 사건을 단 보름 만에 해결했다.

일이 그렇게 빨리 해결된 이유는 그의 처리 방식 덕분이었다.

그는 각 부족에서 뽑은 '용사'가 자신과 대결을 하여 이긴다면 그들의 신변을 보호해 줄 것이라는 조건을 주신계의 이름으로 내걸었다.

정치적으로 말이 안 되는, 그야말로 힘과 명예를 중시하는 바보가 아닌 이상 받아들일 리가 없는 조건이었다.

하지만 놀랍게도 용족들은 주신계의 조건을 간단히 받아들였다.

그때의 리오는 지금과 달리 용족들 사이에서 무시를 받고 있었다.

리오가 그들 전체에게 인정을 받을 만한 일을 한 적이 없었을 뿐만 아니라 그의 기본이 용족의 입장에서 거들떠볼 필요가 없는 하등 동물, 즉 인간이기 때문이었다.

특히 자신들과의 싸움터에 불의 별에서 구출해 왔다는 동 룡족 여자아이, 즉 쑤밍을 수행이라는 이름으로 데리고 다녔 기 때문에 더욱 그러했다.

용족 입장에선 대결을 받아들이지 않은 하등의 이유가 없 었다.

그러나 그들의 예상과는 달리 가볍게, 때로는 힘들게 각 부 족의 용사들을 물리친 리오는 마지막 여행지인 크림슨해머 부족의 요새로 갔다.

크림슨해머 부족은 레드 드래곤 부족의 일파로서 당시 반 란의 주동자이자 가장 규모가 크고 강력한 군사력을 보유한 부족이었다.

특히 그들이 자랑하는 부족의 용사이자 족장의 아들인 '알카페론 크림슨해머'는 서룡족에서 몇 년에 한 번씩 열리 는 검투대회의 최연소 우승 기록 보유자로서 서룡족의 무력 을 이끌어갈 차세대 장군감으로 떠오르는 대단한 인물이었 다.

하지만 리오가 도착했을 때 크림슨해머 요새는 전멸 상태 였다.

리오가 걱정했던 알카페론 크림슨해머는 아버지와 나란히 요새 성벽에 목만 걸린 채 죽어 있었다.

요새뿐만 아니라 민간인들과 촌락, 농토, 심지어는 사육

하던 짐승들까지 전부 사라졌고 생존자는 일절 찾아볼 수 없었다.

당황한 리오는 촌락 인근에서 솟아오르는 검은색 드래곤들의 무리를 목격했다.

리오는 그들을 뒤쫓으려 했으나 어떤 인물에게 가로막혀 추격에 실패하고 말았다.

그를 방해한 사람은 젊은 서룡족 여성이었다.

자신을 서룡족의 카이리라고만 밝힌 그녀는 자신을 공격하려는 리오를 단 한 발의 화살로 제지했다.

화살은 리오를 스치지도 않았다.

단지 머리 위를 지나간 것뿐이지만 리오는 자리에 주저앉고는 일어나지 못했다.

그때의 정신적 충격, 그리고 놀라서 울며 매달리는 쑤밍의 모습이 리오의 머릿속에서 생생하게 되살아났다.

"아, 그때 그 해적……!"

"그래."

카이리가 윙크했다. 나름대로 애교였지만 리오는 아무 느낌도 받지 못했다.

"그때 자네가 생각보다 빨리 와서 놀라기도 했고 자존심도 상했지. 자네가 오기 전에 크림슨해머 부족을 숙청하는 것이 우리 임무였거든."

그때 당시 숙청 지시를 내릴 사람이 장로 대신밖에 없음을 알고 있는 리오는 내심 쓴웃음을 지었다.

'역시 장로님은 보통 분이 아니시군.'

그는 옆에 있는 쑤밍의 머리를 쓰다듬었다.

리오가 쑤밍의 무술 스승인 것처럼 클로머트는 그녀에게 있어서 지식의 스승이었다. 뿐만 아니라 그는 쑤밍이 서룡족 내의 순혈주의자들로부터 공격받는 것을 지켜준 가장 큰 지지자였다.

손녀나 다름없이 길렀다고 말해도 무리가 없을 만큼 그녀와 클로머트 라스프링고의 관계는 각별했다.

그리고 클로머트는 현 용제의 각성을 위해 쑤밍을 희생양으로 삼으려 했다.

물론 쑤밍 본인은 그에 대한 비밀을 아직까지 전혀 모르고 있다.

아는 사람은 클로머트 본인과 리오뿐이었다.

"해적은 아니란 말씀이시로군요."

"그냥 위장이지."

"입장은 이해했습니다. 용건을 말씀해 주십시오."

"흐음. 이제야 머리가 먼저 움직이는 남자가 됐군. 이번에도 몸이 먼저 움직이년 어쩌나 걱정했다고."

키득거린 그녀가 천천히 정색을 하며 말문을 다시 열었다.

"파프니르라는 이름, 들어본 일이 있나?"

"처음 듣습니다."

"자네가 아까 상대했던 그 이상한 형태의 생물들이 바로 파프니르야. 우리 서룡족과 비슷하게 생겨서 조금 놀랐을 거야."

"닮았을뿐더러 많기도 하고, 또 강하더군요."

"물론이지. 우리의 선조 중 한 분을 기초로 하여 만들어진 생물병기거든."

"생물병기?"

"그래. 우리 용족조차 아득히 넘어선 기술로 제작된 병기가 틀림없어. 어떤 구조로 어떻게 움직이는지에 대해서는 우리도 모르지만 뒷이야기 정도는 쑤밍에게 얘기해 줬으니 그 아이에게 듣도록 해. 아무튼 내가 얘기하고 싶은 것은 하나야."

"무엇입니까?"

"파프니르에게서 손을 떼."

카이리는 이어서 황금여우 부족이 사용하는 천막 중 가장 큰 것을 가리켰다.

"그리고 저기 있는 황금여우 부족의 공주도 우리가 맡도록 하겠어."

그녀가 지목한 공주, 노블은 파프니르의 힘을 함부로 사용하면서 온 '대가'를 혹독하게 치렀다.

그녀는 신체에 전면적인 타격을 입은 것은 물론 정신까지 헝클어지기 직전까지 갔지만 루이체와 쑤밍의 응급처치 덕분에 목숨을 건지고 지금은 거처에서 안정을 취하는 중이었다.

"너무 갑작스러운 말씀이군요."

리오는 카이리의 발언에 대놓고 불쾌감을 표시했다.

"이런 방식으로 양보를 요구하시는 것은 실례가 아닙니까?"

"이건 우리 서룡족의 일이자 블랙테일 부족의 일이야. 그리고 난 양보해 달라고 요구하는 게 아니야. 그냥 손 떼고 저리 가라는 소리지."

그녀는 단호했다. 협상의 여지도 느껴지지 않았다.

리오가 뜨거운 한숨으로 부글부글 끓는 속을 날렸다.

"상부에서 정식으로 지시가 있을 때까지는 그렇게 할 수 없습니다."

리오의 원론적인 대답에 카이리는 어이없어했다.

"호오, 그런 말을 리오라는 작자에게 들을 줄은 몰랐군. 주신계에서 정한 행동 규칙을 어기기로는 자네만 한 기록의 보유자가 없다고 아는데?"

"제가 제 마음대로 어기는 것과 남의 말을 듣고 어기는 것
은 다릅니다."

"흠."

카이리가 씩 웃었다. 웃고 있는 그녀의 눈빛에서 이상한 기
운이 감돌았다.

살기였다.

"훈련받은 용족의 힘은 자네도 잘 알겠지? 다른 사람도 아
니고 솔리더스 발레트에게 얻어맞은 기억이 있을 테니까. 그
솔리더스를 가르친 사람이 바로 나야. 녀석의 활 솜씨는 형편
없었지."

솔리더스는 리오가 1,000년 전에 만났던 레드 드래곤 부
족의 장로급 인사다. 그런 자를 가르쳤다는 말은 리오로 하
여금 카이리의 연령을 예측하기 힘들게끔 만드는 발언이었
다.

"지금 그 말씀을 하시는 저의가 궁금하군요."

리오는 흔들림없이 물었다. 물론 겉으로만 그럴 뿐, 카이리
를 중심으로 하여 무서운 기세로 상승하는 주변의 압력에 자
못 놀라고 있었다.

"저의? 모르고 말하는 건 아니겠지?"

카이리의 전투복 위로 검은색의 연기가 피어올랐다.

"실력 행사도 불사하겠다는 뜻이야."

그녀의 힘에 의해 주변의 기압이 상승했다.

상승한 기압은 주변에 있는 수인들에게까지 영향을 미쳤다.

기압에 온몸이 눌린 수인들은 신음으로 격통을 호소했다.

도시와 사방에서 비명 소리가 일제히 터지는 그들의 비명은 리오의 일행에게 큰 압박감을 주었다.

하지만 카이리의 표정에는 살기와 결연한 의지 외엔 아무것도 드러나지 않았다.

뜻하지 않은 희생자가 나오는 것도 개의치 않겠다는 뜻이었다.

하이엘바인은 당장이라도 앞으로 걸어나가서 판을 뒤집어 엎고 싶었다.

'저런 잔인한……!'

그런 그녀의 앞을 눈치 빠른 지크가 슬그머니 몸으로 막아섰다.

그리고는 눈짓으로 리오를 가리켰다.

그가 어떻게든 할 거라는 뜻이었다.

[이런 답답한 사람을 봤나! 지금 당장 막아야 하네!]

하이엘바인이 정신감응으로 지크를 다그쳤다. 그녀의 목

소리를 그런 식으로는 처음 듣는 지크는 귀가 아니라 머리를 감쌌다.

[기다려 보세요, 좀!]

정신감응 방법을 가까스로 떠올려 대답한 지크는 자신의 몸을 밀치려는 하이엘바인을 억누르기 위해 안간힘을 썼다.

그사이 리오는 고민했다.

'용족이 이 정도 힘을……?'

지금 그가 느끼는 카이리의 힘은 서룡족과 동룡족 가운데 힘깨나 쓰는 것으로 유명한 자들을 아득하게 초월하고 있었다.

그는 블랙테일 부족에 대해 좀 더 알고 싶었으나 궁금증은 일단 미뤘다.

'하지만 솔리더스님보다 더 오래 살아오신 분께서 왜 이렇게 전의를 드러내시는 거지? 개인 사정 말고 혹시 다른 생각이 있으신 건가?'

리오는 말을 던져 보기로 했다.

"좋습니다. 뜻대로 하십시오."

그의 표정을 본 카이리가 웃었다.

"조건을 달겠지?"

"물론이지요."

리오도 빙긋 웃었다.

카이리가 방출하던 매서운 살기와 압력이 서서히 완화되었다.

그 일로 인해 황금여우 부족 수인들의 관심은 모조리 리오 일행에게 쏠렸다.

리오는 시선이 따가웠지만 상대방이 그런 것을 전혀 신경 쓰지 않고 있기에 어쩔 수 없이 그 자리에서 이야기를 시작했다.

"원하시는 일이 파프니르의 궤멸이라면 이쪽에서도 돕겠습니다. 족장님께 일을 빼앗기는 것은 곤란하지만 돕는 것은 이야기가 조금 다르겠지요."

"호오."

"대신 일이 끝나면 족장님 쪽에서도 저희를 도와주십시오. 그것이 조건입니다."

"음, 나쁘지 않지만 안타깝게도 우리 블랙테일 부족은 그런 사적인 조건에 따라 움직일 수 있는 집단이 아니야. 내 입으로 대놓고 말하긴 그렇지만 우리는 드러내 놓고 활동할 수 없는 자들이거든."

카이리는 어깨를 올렸다 내리는 것으로 곤란함을 드러냈다.

"하지만 자네가 그 문제를 해결할 수 있다면 나도 자네들을 도울 수 있는 데까지 돕도록 하지."

"해결이라……."

그 부분은 리오로서도 좀 막막했다.

그때 쑤밍이 나섰다.

"이걸 쓰는 것이지 말입니다!"

그녀는 용제의 징표를 머리 위로 번쩍 들었다.

"이걸로 전하의 말씀을 들을 수 있지 말입니다!"

"그랬어?"

그것을 단순한 장신구라 여겼던 리오는 진심으로 매우 놀랐다.

"자, 족장님! 어서 전하와 연결해 주시지 말입니다!"

"아아, 그래. 알았으니까 진정해."

쑤밍에게 징표를 건네받은 카이리는 그것을 이리저리 돌리고 맞췄다.

이윽고 징표의 보석으로부터 빛이 올라왔다. 그 빛줄기 속에는 대단히 거만한 표정의 서룡족 제왕, 바이칼의 상반신이 반투명하게 자리 잡고 있었다.

용제는 가장 가까이에 서 있는 카이리를 노려봤다.

"카이리 블랙테일. 짐을 감히 두 번이나 부르다니, 무슨 생각인가?"

"앞으로의 행동 방침에 대한 허가를 받고자 불경을 저질렀습니다. 죄는 달게 받겠습니다."

바이칼을 대하는 카이리의 목소리는 리오와 이야기를 나눌 때와는 달리 진지하고 엄숙했다.

"됐다. 파프니르에 대한 일인가?"

"그렇습니다."

리오는 바이칼이 파프니르에 대해 신경 쓰는 모습을 보고 매우 의아했다.

'저 녀석이 저렇게 진지할 때가 있었군.'

그것은 지크도 마찬가지였다.

'리오 어딨냐며 발광도 안 하네? 철이 좀 들었나?'

반면 루이체와 쑤밍은 이제 곧 터질 거라며 마음을 단단히 먹고 있었다.

"그럼 얘기하도록 하라."

바이칼이 말했다.

"파프니르의 처리를 주신계와 공조하기로 했습니다. 하지만 주신게 측에서 이후에 자신들의 일을 도와달라는 조건을 걸었습니다. 블랙테일 부족의 원칙상 그런 일은 전하께 보고를 드린 후 허가를 받아야 합니다."

"그렇지."

"소인은 위대하신 전하의 고귀한 판단을 간절히 기다리겠습니다."

"알겠다."

바이칼이 헛기침을 했다.

"그 주신의 졸개들을 짐 앞에 대령하라. 루이체는 봤으니 됐고, 나머지 놈들을 보고 싶군."

치욕감에 상기된 루이체의 두 볼이 뿔룩 부풀었다.

'올 게 왔네.'

지크는 도살장에 끌려가는 짐승의 심정이었다.

그와 시선을 마주한 리오는 어쩔 수 없지 않느냐는 표정을 지었다.

그때, 지크의 머리에서 아이디어가 떠올랐다.

그가 하이엘바인의 등을 밀었다.

"먼저 가세요, 하이엘바인님."

지크가 속삭여 오자 하이엘바인의 눈이 커졌다.

"무슨 말인가? 위치상 리오가 먼저 나서야 하는 일이지 않나?"

지크는 그 부분에서 하이엘바인이 리오를 확실히 선배, 내지는 상급자로 인식하고 있음을 확인했다.

"바이칼이 하이엘바인님을 보고 싶어했거든요."

"그래도……."

"깜짝 선물이라고 생각하세요. 녀석은 그런 거 좋아해요."

"오, 알았네. 전하께서 좋아하시는 일이라면 사양할 필요가 없겠지."

하이엘바인이 해맑은 얼굴로 성큼성큼 걸어나갔다.

어정쩡한 얼굴로 뒤에 서 있던 쑤밍은 그녀의 모습에 경악했다.

하지만 하이엘바인은 이미 바이칼 앞에 다 온 상황이었다.

"용제 전하!"

하이엘바인이 큰소리로 인사했다.

카이리는 그녀가 리오보다 먼저 나오는 것을 보고 고개를 갸웃했다.

그러다가 빛 속에서 돌이 되어버린 바이칼의 모습을 보고 자신의 입을 신속히 덮었다. 터지는 웃음을 막기 위해서였다.

"하이엘바인입니다! 건강하셨습니까?"

"아……."

갑작스레 나타난 하이엘바인의 모습으로 인해 바이칼은 과거 그녀에게서 느낀 공포가 되살아나면서 온 충격에 허둥거렸다.

하이엘바인은 뭔가 이상하다 생각했지만 지크가 '악독한 거짓말'을 할 리 없다고 생각하여 인사를 계속했다.

"소인도 감개무량하여 말이 나오지 않습니다. 의젓해지신 전하의 모습에 이 하이엘바인, 벅찬 가슴을 억누를 수 없습니다."

공포로 파르르 떨리던 바이칼의 눈동자가 순간 분노로 들끓었다.

"쑤밍! 그 계집은 어디 있느냐!"

그 어린 용제의 외침은 당장에라도 누구를 죽일 듯이 날카로웠다.

한바탕 소란이 일어난 후, 하이엘바인의 존재를 보고하지 않은 쑤밍과 그녀를 대령하면 무슨 일이 일어날지 예상했던 지크가 바이칼 앞에 무릎을 꿇었다.

리오는 무릎만 꿇지 않았을 뿐, 사정을 설명하느라 충분히 바빴다.

탈진 상태에서 회복한 지 얼마 안 된 상태여서 머리가 핑핑 돌았다.

하지만 그는 몇 분 들이지 않고 성공적으로 상황 설명을 마쳤다.

"그래서, 로키라는 옛 신이 파프니르를 쓰러뜨리라면서 너희를 이곳으로 보냈단 말인가?"

바이칼의 질문이었다.

"파프니르라고 얘기하진 않았지만 아마 맞을 거야."

리오가 대답해 주었다.

"그렇다면 주신계 측의 도움을 받아들이도록 하지. 대신 블랙테일 부족의 존재를 함부로 누설하지 마라."

"그러지."

"이후의 일은 카이리 블랙테일과 논의해라. 통신은 종료하겠다."

"바쁜 일이라도 있나 봐?"

리오가 묻자 바이칼이 인상을 썼다.

"이 몸은 정해진 수면 시간을 벌써 한 시간이나 어겼다. 충분하지 못한 수면은 제왕의 집무에 지장을 초래하지."

"낯선 말을 하는군."

리오가 웃었다.

"네놈이 날 이렇게 만들지 않았나?"

바이칼의 목소리엔 감정의 칼날이 날카롭게 잔뜩 박혀 있었다.

리오의 표정에 미안함이 스치고 쑤밍의 눈에는 잠깐 습기가 어렸다.

그렇게 시간이 정체하자 용제가 시선을 다른 곳으로 돌렸다.

"장로 대신은 젖을 두 번 뗀 거라 생각하라더군. 그런 어리석은 비유를 나에게 던지다니, 그 위대한 클로머트 라스프링고도 완전히 늙은 게야. 조만간 집에서 쉬라고 명령해야겠어."

"그분을 걱정하는 마음은 알겠지만 갑자기 내쫓긴 마. 울어버리실 테니까."

"뭐라고?"

바이칼이 인상을 썼다.

그 높은 톤의 목소리 이후 괜히 혼난 적이 많았던 쑤밍은 반사적으로 어깨를 움찔했다.

"참말이렷다?"

"…뭐, 그렇다는 얘기지."

"흠, 재고해 봐야겠군."

제왕은 진지했다.

"아, 부탁 하나만 해도 될까?"

리오가 말했다.

"부탁?"

"이 세계에 걸린 공간 봉쇄 탓에 바깥으로 연락을 하지 못했어. 여유가 된다면 내가 지금까지 해준 이야기들을 피엘 플레포스 비서관에게 전달해 줬으면 해."

"홍, 감히 이 몸에게 부탁을 하다니, 여전히 겁이 없군."

바이칼에게 등을 돌린 채 꿇어앉아 있는 상태인 지크는 그 말을 듣는 즉시 생각했다.

'저러고 고개를 픽 돌리겠지. 그것도 오른쪽으로.'

그의 생각대로, 바이칼은 말을 마치자마자 고개를 오른쪽으로 획 돌렸다.

"이 몸은 서룡족의 제왕이다."

"그래, 알아. 굳이 억지로 들어줄 필요는 없어."

"어리석군."

"응?"

"짐은 관대하다."

"……."

리오는 그 말이 곧 자신의 부탁을 들어준다는 말과 같다는 사실을 잘 알고 있었다.

통신이 종료된 뒤 꿇어앉아 있던 쑤밍과 지크가 한숨을 푹푹 쉬며 일어났다.

카이리는 쑤밍의 무릎에 묻은 흙을 손수 털어주며 키득거렸다.

"힘들지?"

"익숙하지 말입니다."

쑤밍이 다소곳이 웃었다.

카이리가 리오 앞에 섰다.

"도움을 주고받는 건 결정됐으니 회의를 해야겠군. 가장 먼저 뭘 해야 할지 생각해 봤나?"

"이 도시부터 살펴보면 될 것 같습니다."

리오는 노블 공주가 있는 곳을 가리켰다.

"저분이 어떻게 파프니르에 빙의됐는지 알아보도록 하지요."

"좋아. 원하던 바야."

"그전에 저 친구 좀 어떻게 해주시지요."

그가 가리킨 '친구'는 케롤이었다.

케롤은 여전히 구속된 채 땅에서 엉금엉금 기어다니고 있었다.

하지만 카이리는 탐탁지 않은 얼굴이었다.

"글쎄? 우선 왜 저렇게 됐는지 물어보는 게 먼저 아닐까?"

"무슨 일이라도 저질렀습니까?"

리오는 큰일이 아니기를 빌었다.

케롤을 걱정해서라기보다는 그냥 귀찮은 일을 만들고 싶지 않아서였다.

"우리 거점에 쳐들어와서 내 부하들을 다치게 한 것은 넘어가겠어. 하지만 다른 문제가 있지. 녀석이 쑤밍의 교신기에 든 자료를 몽땅 자신의 교신기에 복사했더군."

"그렇습니까?"

그것은 케롤을 의심하기에 충분한 사건이었다.

"쑤밍의 교신기에는 장로 대신님만 접근할 수 있는 자료도 들어 있다네. 행여나 큰일이 발생할 경우 저 아이에게 자신의 모든 것을 맡기겠다는 장로 대신의 뜻이지. 장로 대신께서 저 아이를 그토록 신뢰하실 줄은 몰랐어."

"조금 과도한 신뢰 같군요."

신뢰는 오히려 짐이 될 때도 있다.

1,000년 넘게 임무를 해오는 동안 수많은 사람을 만나고 도 왔던 그는 신뢰라는 것이 얼마나 부담스러운 것인지 잘 알고 있었다.

다른 이의 신뢰를 받는 것은 분명 좋은 일이다.

하지만 때에 따라서는 그만큼의 책임을 '강요' 당할 때도 있다.

리오의 경우 '왜 그 사람만 구해주느냐'라는 문제로 곤란 을 겪은 일이 많았다. 처음에는 괴로워했지만 별의별 경우를 다 당해본 지금은 요령껏 피해가거나 시큰둥하게 넘기고 있 다.

"쑤밍이 짊어지기엔 너무 큰 자료임엔 분명하지. 그리고 저 악마는 그 자료를 건드렸어. 이건 서룡족으로서 그냥 넘어 갈 문제가 아니야."

"당장 죽이지 않으신 게 신기하군요."

숙청 작업 등을 전문으로 하는 집단의 우두머리에겐 아주 간단한 일이었다.

"물론 소멸시키려고 했지."

카이리가 쓴웃음을 지었다.

"하지만 쑤밍과 저 주신계 천사…… 루이체였나? 둘이 날 말리더군. 한 번이라도 좋으니 저 녀석의 문제를 자네와 상의해 달라고 말이야."

"그렇게 의리있는 사이는 아닙니다만……."

리오가 농담을 섞어 말했다.

카이리는 손자의 장난을 보는 할머니처럼 웃으며 고개를 옆으로 기울였다.

"그럼 죽일까?"

"제가 얘기해 보겠습니다."

리오는 카이리와 함께 케롤에게 다가갔다.

카이리가 케롤의 안대와 재갈, 귀마개를 천천히 풀어주었다.

셋 다 가죽과 금속으로 된 물건이었는데, 리오의 눈으로도 정확한 재질의 파악이 쉽지 않았다.

'무엇으로 만들어졌기에 케롤 정도의 악마를 묶을 수 있는 거지?'

그를 더욱 궁금하게 한 것은 구속구의 형태였다

가죽 안대와 재갈은 어떤 가학적인 취미를 가진 사람들이 자신들의 취미 활동을 위해 자주 쓰는 것들과 매우 유사했다.

리오는 카이리의 밀착식 전투복을 흘끔 봤다.

'아냐. 너무 깊게 생각하지 말자.'

그는 케롤을 조금 들어 똑바로 앉혔다.

"어이, 내 말 들리나?"

구속구의 능력 때문에 정신을 못 차리고 있던 케롤은 리오의 목소리가 들리자마자 숨을 크게 들이마셨다.

"리오님!"

그의 이름을 한 번 외친 케롤은 이윽고 이마를 리오의 옆구리에 대고는 울음소리를 냈다.

"어떤 괴물 같은 용족이 저를 괴롭히고 더럽혔어요! 무서웠다고요!"

"그 용족께서 옆에 아직 계시거든?"

리오의 옆구리에 이마를 문지르던 케롤의 동작이 순간 굳어졌다.

그를 묶었던 가죽 구속구가 카이리의 손아귀에서 뒤틀려 비명을 질렀다. 그 소리는 케롤의 오금을 덜덜 떨게 만들었다.

"어떻게 된 일인지 좀 얘기해 봐. 쑤밍의 교신기에는 왜 손을 댔지?"

리오가 묻자 케롤이 다시 고개를 들었다.

"아, 그 문제 말씀이시군요. 그건 그냥 쑤밍 아가씨를 돕기 위해서였어요. 그 아가씨의 권한으로는 불꽃의 계곡에 대한 자료를 열람할 수 없었거든요."

별것 아니라는 듯이 대답한 케롤은 빨래를 털 듯 고개를 움직여 이리저리 흩어진 자신의 머리카락을 한 번에 정돈했다.

"그렇다고 자료를 네 기계에 옮길 필요는 없었잖아? 각 신계와 용족 사이에 채결된 조약에 따라 단순절도 이상의 사건이야."

"아, 그건⋯⋯."

케롤의 하얀 얼굴이 상기되었다.

"네 목숨이 걸린 중요한 문제야. 숨기지 말고 얘기해."

리오의 손이 그의 어깨를 덮었다.

카이리와의 싸움으로 손상된 그의 턱시도 조각이 적동색 손가락 사이로 튀어나왔다.

케롤의 황색 눈망울이 수치심에 젖어 방황했다.

마침 쑤밍이 케롤에 관한 일을 돕기 위해 그들 쪽으로 다가왔다.

루이체도 걱정스레 그쪽을 바라봤다.

케롤이 비록 고위급 악마이고 행동거지가 부담스러웠지만

리오를 돕겠다는 그의 마음이 순수하다는 것만은 둘 다 알고
있었다.

둘은 그런 케롤이 이런 일로 죽는 것을 두고 볼 만큼 이기
적이진 않았다.

"어떻게든… 꼭 갖고 싶은 자료가 있었거든요."

케롤이 가까스로 대답했다.

"자료? 서룡족의 자료인가?"

"아니에요. 서룡족의 자료 따위에는 관심없어요. 그쪽과
정치적인 분쟁이 있는 것도 아니거든요."

"그럼 어떤 자료를 말하는 거지?"

"아, 모르셨군요?"

케롤이 말했다.

"쑤밍 아가씨의 교신기에는 리오님 몰래 찍은……."

"으아아아악!"

쑤밍이 비명을 지르며 달려들어 다짜고짜 케롤의 입을 막
았다.

리오는 얌전하던 제자의 과격한 행동에 경악했다.

"쑤밍?"

"이분은 존재해선 안 되지 말입니다! 하지만 여태까지의
정을 생각해서 제 손으로 편하게 해드리겠지 말입니다!"

그녀는 제정신이 아니었다.

파프니르의 일로 인해 잠시 잊고 있던 '자료'에 대한 것이 모조리 떠올라 그녀의 의식을 헝클어뜨리고 있었다.

'스승님 몰래 찍은 사진! 스승님 몰래 찍은 영상! 그게 들키면 나는, 나는!'

제자의 혼란을 지켜보던 리오가 머리를 긁적거렸다.

"아, 내 사진 말인가?"

혼란스럽던 공기가 일순간 얼어붙었다.

"교신기를 처음 받았을 때부터 나를 찍었었지, 아마? 알몸은 찍힌 적이 없어서 그냥 넘어갔지. 루이체에게 하도 그런 일을 많이 당해서 익숙했거든."

쑤밍을 말리기 위해 달려가던 루이체도 우뚝 멈췄다.

물론 리오는 대수롭지 않다는 얼굴이었다.

"아, 그것 말이군."

카이리는 케롤의 교신기에서 발견했던 쑤밍의 자료 중 하나, 즉 리오가 수건으로 상체를 씻고 있는 영상을 떠올렸다.

"그것 외의 자료까지 전부 넘어가서 문제가 된 것이네만."

케롤은 완전히 굳어진 쑤밍의 손에서 탈출하여 고개를 저었다.

"다른 자료는 관심없어요. 정말이라고요."

"흐음."

카이리는 케롤을 가만히 노려봤다.

"좋아. 자료가 들어간 교신기는 내 손으로 직접 소거했으니 더 이상 문제 삼지 않겠어. 대신 다시 이런 일이 있을 경우 리오, 자네 손으로 이 악마를 처리해야 할 것이야."

"알겠습니다."

리오의 확답을 들은 카이리는 케롤 위에 멍하니 앉아 있는 쑤밍을 들어 옆으로 옮긴 뒤 그의 구속을 완전히 풀어주었다.

자유를 되찾은 케롤은 우선 자신의 복장과 안경 등을 원래대로 되돌렸다.

그 절차는 간단했다.

온몸이 잠깐 검은색의 안개로 변했다가 돌아오면 끝이었다.

케롤은 턱시도의 옷깃을 손으로 짚고는 당기듯이 쓰다듬었다.

"휴, 이제 좀 살 것 같네요. 다른 건 다 참아도 모양새가 헝클어지는 것은 싫었거든요. 그것도 저의 리오님 앞에서 말이죠."

마지막 말을 기점으로 케롤 특유의 부담스러운 기운이 일행 전체를 휘감았다.

"아무튼 카이리님처럼 강한 용족은 처음이라 정말 놀랐어요. 제가 전혀 손도 못 대고 질 거라고는 절대 생각 못했거든요."

"음, 그럴 거야."

카이리가 자랑하듯 대답했다.

"혹시라도 다시 덤빌까 봐 얘기하는데, 서룡족과 동룡족을 통틀어 나보다 강한 자는 없어."

케롤도, 리오도, 굳어져 있던 쑤밍도 그 말에 그녀를 돌아봤다.

"네?"

"몸에 몹쓸 짓을 많이 했거든. 그게 블랙테일 부족의 존재 이유지만 말이야."

리오는 그녀의 말에 의문을 가졌다.

'그럴 리가? 모든 용족을 통틀어 가장 강하다는 말은 절대 성립할 수 없을 텐데?'

서룡족의 용제와 동룡족의 주룡(主龍)은 생물학적 분류로 따졌을 때 '다른 종'에 속한다.

그들의 신체 능력은 각별하기 때문에 특별한 훈련을 받지 않아도 잘 훈련된 용족을 압도할 수 있다.

심장과 폐 같은 장기뿐만 아니라 뇌까지도 한 개 이상을 갖고 있다.

거기다 대기권 밖이나 엄청난 압력이 작용하는 심해에서도 장기간 활동이 가능하다.

바이칼이 아무리 성장기에 있다 해도 그 천부적인 능력만큼은 리오조차 무시할 수 없었다.

둘은 딱 한 번 제대로 싸운 적이 있는데, 당시 승부는 리오의 싱거운 승리로 끝났다.

하지만 그것은 산전수전 다 겪은 전문가와 별생각 없이 놀러 다니던 어린아이의 싸움이기에 그랬을 뿐이다.

실전 경험이 동일한 상태에서 싸웠다면 이야기는 달라졌을 것이다.

그런데도 카이리는 자신있게 자신이 가장 강하다고 이야기했다.

'허풍을 칠 성격은 아닌 것 같은데?'

리오는 그녀가 잠깐 말했던 몹쓸 짓에 어떤 비밀이 있을 것이라 생각했다.

"흠, 진지한 얼굴이 제법 멋지네."

카이리가 교태를 부리듯 웃었다.

"블랙테일 부족의 족장에게 대대로 주어지는 최우선 목표는 파프니르가 아니야. 파프니르 사냥은 비교적 최근 이야기라고 할 수 있지."

"그럼 무엇입니까?"

"마룡족 사냥이야."

마룡족은 서룡족에서 떨어져 나간 존재들로서, 그 시조는 용제에게 반역을 저지른 소수 집단이다.

그들은 놀랍게도 반역 과정 중에 용제를 살해했으며 그 시신을 나누어 먹었다.

이후 마룡족이라 불린 그들은 정체불명의 유혹에 이끌려 그런 행위를 저질렀다고 기록되어 있다.

하나 자세한 내막을 아는 사람은 공식적으로 존재하지 않는다.

마룡족의 육체는 일반 용족보다 강건해졌고 그들은 그 힘을 통하여 번성했다.

하지만 육체적으로 아무리 강하다 하더라도 어디까지나 소수이다.

그렇기 때문에 그들은 항상 서룡족의 추격을 받아야 했다.

"마룡족의 첫 우두머리, 즉 '카이저'라고 불리는 녀석은 약 7,000년 전에 죽었어. 이름이 '드라그노프'야."

"들은 적이 있습니다."

"그럴 거야. 흔해 빠진 이름이니까."

카이리가 키득거렸다.

"마룡족의 시작 지점이라 할 수 있는 그 카이저를 처리한

게 바로 나야. 물론 역사에는 마르시우스님께서 직접 물리치신 것으로 되어 있지만 말이야."

그녀가 갑자기 전투복의 지퍼를 아래로 쭉 내렸다.

왼쪽 가슴 밑에서 오른쪽 골반 부분까지 아주 긴 흉터가 있었다.

갑자기 드러난 그녀의 상반신 때문에 리오를 제외한 일행 전원이 깜짝 놀랐다. 반면 리오는 그 흉터를 자세히 관찰했다.

'확실히, 마룡족의 공격을 받은 흔적이군.'

리오는 마룡족 특유의 반물질 공격이 생물에게 어떤 흔적을 남기는지 잘 알고 있었다.

카이리는 그 흉터를 자랑스럽게 두드렸다.

"이게 그때 입은 부상의 흔적이야. 정말 죽는 줄 알았지. 같이 갔던 부하들은 전부 죽고 나와 마르시우스님만 남은 상황이었거든. 게다가 마르시우스님은 부상당하셨고 카이저는 무사했지. 하지만 그 녀석을 잡은 넉분에 이후의 마룡족 사냥이 좀 수월해졌지."

그녀가 옷을 다시 입었다.

"마르시우스님의 은혜로 그를 잡을 수 있었다네."

리오는 순간 그 말에서 한 가지 추측을 해봤다.

'아무리 고도의 훈련을 받았다 해도 일반 용족이야. 카이

저 급의 마룡족을 단독으로 상대하는 것은 불가능해.'

그것은 현실적으로 격차가 너무 큰 개념이었다.

'그렇다면 정황만 따져 봐도 방법은 하나밖에 없지.'

리오는 그녀를 보며 멋쩍게 웃었다.

'용제 마르시우스의 피와 살을 먹었군.'

카이리도 마주 웃었다.

"자네라면 이제 내가 말한 그 '몹쓸 짓'이 뭔지 눈치챘을 거야."

"너무 많은 것을 알려주시는 것 같습니다만, 괜찮으시겠습 니까?"

"괜찮아. 이것이 블랙테일의 방식이니까."

그녀가 손을 내밀어 악수를 청했다.

"잘 부탁해."

둘이 굳게 악수를 나눴다.

"그럼 노블 공주에 대한 일 처리는 잠시 후에 하기로 하겠 습니다. 이쪽도 조금 복잡한 문제가 있어서 당장 시간을 낼 수는 없습니다."

리오의 말은 단호했다.

"그렇다면 여유를 두기로 하지. 저 악마 덕분에 거점이 엉 망이 되어서 좀 살펴봐야 하거든. 쑤밍에게 나와 연락할 수 있는 코드를 가르쳐 줬으니 그쪽으로 연락하게."

"알겠습니다."

"아, 그리고 검은 꽃의 잎사귀를 구한다고 했지?"

검은 꽃의 잎사귀는 노블과 약속했던 물건이었다.

"그건 쑤밍에게 꽃씨까지 잔뜩 줬으니 마음껏 쓰게."

"감사합니다."

"연락을 기다리지."

카이리는 마지막으로 하이엘바인에게 예의를 갖춰 인사를 했다.

"초면의 무례를 용서하십시오."

"괜찮소."

하이엘바인은 담담하게 웃었다.

"족장께서 내가 관여할 부분에 대한 선을 미리 그어주셨기에 간략한 일 처리가 가능했다오. 족장의 그 자세는 매우 인상적이었소."

"몸 둘 바를 모르겠습니다."

카이리가 고개를 들었다.

"선대 제왕이신 마르시우스님과 알렉산더님께서 하이엘바인님에 관한 이야기를 소인에게 해주셨습니다."

"그렇소?"

하이엘바인은 그 선대 제왕들의 이름을 알고 있었다.

알렉산더는 바이칼의 부친이며 마르시우스는 조부였다.

불의 별에서 역대 서룡족 제왕들을 모두 만났던 하이엘바인에게 있어서 그들은 가장 최근에 만난 외부인에 속했다.

그 시기에 맞게 그녀가 가진 그들과의 추억은 아직도 싱싱했다.

"그렇습니다. 두 분 모두 하이엘바인님을 다시 뵙길 희망하셨습니다."

"오, 그분들께서……."

그녀는 환한 미소로 그들의 모습을 떠올렸다.

"마르시우스님은 맑고 찬란한 용기를 품고 계신 분이셨소. 그리고 알렉산더님은 깊고 따스한 상냥함이 무엇인지 알고 계셨다오. 그분들과의 만남은 정말 행복했소."

"이 미천한 자 역시 하이엘바인님을 뵐 기회를 소원하였습니다. 그리고 그 소원이 오늘 이뤄졌습니다. 실로 감개무량할 따름입니다."

카이리는 주먹 쥔 오른손을 왼쪽 가슴 위에 대는 아스가르드 식의 인사로 존경을 표했다.

"오늘의 만남, 이 카이리 블랙테일은 결코 잊지 않겠습니다."

"이 하이엘바인도 그대와의 만남을 기억하겠소."

하이엘바인 역시 아스가르드 식의 인사로 그녀의 인사를

받아주었다.

"그럼 소인은 이만 부하들이 있는 곳으로 돌아가겠습니다."

"살펴 돌아가시오."

인사를 한 카이리의 등 뒤에서 검은색의 날개가 커다랗게 솟아올랐다.

그 부분만을 드래곤의 형태로 바꾼 것이다.

눈앞에서 솟아오른 드래곤의 날개에 수인들이 바짝 긴장했다.

하이엘바인을 비롯한 모두는 날개를 펄럭이며 날아가는 카이리의 모습을 잠시 동안 구경했다.

"자, 이제 청문회를 좀 해봐야겠군."

리오가 중얼거리며 일행을 환기시켰다.

청문회라는 말에 쑤밍이 꿈틀했다.

'아, 스승님과의 인연이 여기서……!'

그녀는 여태까지 저지른 짓들이 공개된 이상 그에게 용서를 받을 수 없을 거라고 생각했다. 이유야 어찌 됐든 몰래 사진을 찍고 그것을 보며 즐거워한 것은 분명 부도덕한 짓이었다.

하지만 리오는 아예 다른 곳을 보고 있었다.

"지크, 잠깐 얘기 좀 할까?"

지크는 어깨를 으쓱한 뒤 리오 쪽으로 걸어갔다.

"얘기도 좋지만 뭐 좀 먹지 않아도 괜찮겠어? 기절했다가 깨어난 지 얼마 안 된 사람이 저 여자와 여태까지 얘기를 해 댄 건 대단한 일이라고."

"하긴, 그러네."

지크는 카이리처럼 존재감이 강한 자와 맞서서 이야기하는 것이 극한지대에서의 활동만큼 큰 칼로리를 요구하는 일임을 잘 알고 있었다.

"그럼 먹으면서 얘기하도록 하지."

식사를 하자는 말에 하이엘바인의 볼이 발그레 달아올랐다.

헤카테의 고리 중 하나가 풀려 전보다 힘에 여유가 생겼다고 해도 그녀의 육체는 여전히 대량의 음식을 요구하고 있었다.

그런데 지크가 껄끄러운 표정으로 주위를 둘러봤다.

"여태까지 너 혼자 요리해 왔지?"

그는 루이체와 쑤밍의 요리 솜씨를 알고 있었다. 또한 하이엘바인 역시 요리에 재주가 없을 거라고 확정지었다.

'왜냐고? 오딘 할아버지의 솜씨도 형편없었거든!'

리오는 고개를 가로저었다.

"얼마 전까지는 그랬지만 최근에는 전문 요리사를 데리고 다니지."

지크가 흠칫했다.

"전문 요리사? 누구?"

리오가 손으로 케롤을 가리켰다.

"이 친구야. 꽤 잘해."

지크와 케롤이 눈빛을 주고받았다.

"훗."

케롤이 피식 웃었다.

"당신이 바로 그 지크님이로군요. 소문대로 참 없어 보이는 분이네요. 후후후."

상대가 먼저 공격을 던지자 지크의 인상이 험악해졌다.

"어이, 리오. 다음에는 천사를 친구로 두는 건 어때? 종교 단체의 성대한 협찬을 받을 수 있을지도 모른다고."

리오는 자신에게 시선조차 돌리지 않고 눈싸움을 벌이는 둘을 한심하다는 듯이 지켜봤다.

CHAPTER 25
아스가르드의 기술

지크는 리오가 무슨 말을 하면 일단 '틀릴 수도 있다' 라는 생각을 먼저 하곤 한다.

　그가 기본적으로 갖고 있는 투쟁 의식이 만들어낸 버릇이 었다.

　그렇다고 해서 리오의 말을 멋대로 무시하거나 거스른 적은 없었다. 최근에는 아예 거스를 생각조차 떠올리지 못하게 됐다.

　그는 사바신, 레디와 함께 임무를 하면서 수많은 문제들을 체험했다.

임무를 어설프게 처리했을 때, 너무 과도하게 열중할 때, 너무 가볍게 생각했을 때 발생하는 문제들은 리오의 조언 범위를 벗어나지 못했다.

그래서 최근에는 좀 더 착실하게 경험을 쌓아야겠다고 마음먹었다.

그러나 그 최근도 제법 옛날 일이 되었고 얼마 전까지는 셋이서 나란히 우울한 시간을 공유해야만 했다.

'재정비할 수 있는 기회일까?'

지크는 하이엘바인이 앉은 상석 옆에서 식사를 하고 있는 리오를 곁눈질로 봤다.

그는 조금 지친 표정이긴 했지만 특유의 안정감만은 그대로였다.

일행은 황금여우 수인들이 제공해 준 큰 천막 안에서 식사를 하는 중이었다.

여덟 명 이상이 앉을 수 있는 커다란 목제 테이블도 그들의 선물이었다.

하이엘바인은 대량의 음식을 그야말로 폭풍처럼 섭취하고 있었다.

그녀의 맑은 은발과 소녀처럼 단정한 얼굴만 봐서는 도저히 상상할 수 없는 무서운 광경이었다.

하이엘바인 대신 드래곤의 모습을 한 쑤밍을 대신 앉혀놔도 이상하지 않을 만큼 음식이 소비되는 모습에 지크의 뒷목에서는 식은땀이 흘렀다.

그는 저 고기들이 그녀의 어디로 들어가는지 정말 궁금했다.

소화기관이 다르다는 말은 오딘에게 미리 듣긴 했으나 직접 눈으로 보니 믿기지 않았다.

'그보다, 내가 아는 하이엘바인님이 정말 맞나? 일단 외견상으로는 동일하지만, 좀……'

약간 품위가 떨어져 보였다.

불의 별에서 하이엘바인을 처음 만났을 때, 지크는 그녀가 풍기는 그 위압감에 눌려 투지를 상실했다.

'은하계 하나가 나한테 떨어지는 느낌이었지.'

하지만 파프니르와 싸울 때 고생하던 모습은 도저히 이해가 가지 않았다.

갑옷마저 해제한 지금은 끝내주는 먹성의 소유자일 뿐이었다.

그 하이엘바인이 잠시 포크와 나이프를 멈췄다.

그녀는 자신의 왼쪽에 나란히 앉아 있는 루이체와 쑤밍을 물끄러미 바라봤다.

"식욕이 나지 않는 것이냐?"

둘이 움찔했다.

그들은 여태껏 몰래 성공해 왔다고 믿어왔던 리오의 촬영이 실제로는 전부 적발되었었다는 사실에 심한 수치심을 느끼고 있었다.

지크는 그녀들의 생각을 이해할 수가 없었다.

'리오가 설마 사진 찍는 것도 모를 만큼 둔할 줄 알았단 말이야?'

그는 자신이 그녀들을 혼내고 싶었으나 당사자인 리오가 가만히 있기에 움직이지 않았다.

그녀들과 마주 앉아 식사에만 열중하던 리오는 하이엘바인의 걱정을 듣자마자 그녀들을 봤다.

"난 괜찮으니까 어서 식사해."

그러면서 웃어주었다.

하지만 루이체와 쑤밍에겐 그 미소 자체가 독이었다.

'얼굴을 들 수가 없어!'

일단 루이체가 억지로 수저를 들었다.

기분따라 식사마저 하지 않는다면 정말 꾸중을 듣기 때문이었다.

쑤밍도 뒤따라 수저를 들었다.

'이럴 때는 화를 좀 내주시지 말입니다.'

그녀는 '별일 아니지 않느냐'며 그냥 넘어가는 스승의 태도가 내심 아쉬웠다.

케롤의 뛰어난 솜씨에서 비롯된 요리는 상당한 맛을 자랑했다.

하나 그 맛은 죄책감에 빠진 그녀들을 더욱 비참하게 만들었다.

'입에서 뗄 수가 없잖아!'

그녀들은 자신들이 뉘우침없이 식사만 하는 바보처럼 보일까 봐 두려웠다.

지크가 보기에 그런 일행의 전체적인 분위기는 괜찮아 보였다.

리오와 루이체, 쑤밍은 그냥 그대로였고 개인적으로 눈에 좀 거슬리는 존재인 케롤도 리오가 '어쩌다가 데리고 다니는' 존재들의 범주에서 크게 벗어나지 않았다.

'그들은 공통점이 있지. 과거에 리오 녀석과 어떤 인연이 있고 그 기억을 아주 아름답게 간직하다가 오랜만에 다시 만나서는 푹 빠져드는 거야. 문제는 성별을 가리지 않는다는 점이지만!'

지크는 나름대로 그 공식을 잘 파악하고 있었다.

가장 문제가 있어 보이는 사람은 역시나 하이엘바인이었다.

'저런 분이 아닌데……'

하이엘바인이 냅킨으로 입가의 육즙을 대충 닦고 다시 식사에 몰입하는 광경은 지크를 괴롭게 했다.

지크는 몇 번이고 하이엘바인을 쳐다봤다. 리오는 지크의 그런 행동을 가만히 주시했다.

식사를 마친 루이체와 쑤밍은 리오의 지시에 따라 천막 밖으로 나갔다.

둘은 리오의 그 지시가 아쉽기는커녕 오히려 편하기만 했다.

둘 다 그런 일이 적발된 당일 저녁에 표정을 관리할 수 있을 만한 배짱은 아직 없었다.

천막 밖에서 혼자 식사를 하던 케롤은 둘을 보고 손에 든 빵을 흔들었다.

"식사 맛있었나요?"

그 명랑한 목소리에 루이체와 쑤밍 모두 발끈했다.

하지만 눈만 부릅뜰 뿐, 보다 구체적으로 화를 내진 못했다.

케롤은 자신이 정직하게 죗값을 치렀고 그 일은 끝났음을 대놓고 드러냈다.

속병을 앓고 있는 루이체와 쑤밍은 약이 올랐지만 끝난 일은 끝난 일이기에 뭐라 말을 할 수가 없었다.

"자료에 대해서는 죄송하게 생각해요. 하지만 그렇다고 해서 그 귀중한 것들을 지우지는 마세요. 그런 행동을 한다고 해서 리오님이 좋아하실 리가 없거든요. 달라지는 것은 교신기의 잔여 용량뿐이에요.”

그리 말을 한 케롤은 상큼하게 윙크를 했다.

“그러니 지워도 제가 가져간 다음에 지우세요! 웃훙!”

둘은 눈물이 날 만큼 그가 미웠다.

천막 안의 리오는 우선 자신들이 지금까지 겪은 일들을 지크에게 상세히 설명했다. 지크는 그 이야기를 들은 후에야 하이엘바인이 왜 그렇게 나약한 모습을 보였는지 이해할 수 있었다.

“여섯 개의 고리 중에 하나가 끊어진 거죠?”

지크가 물었다.

“그렇다네.”

“제 능력으로 하나가 끊어졌으니, 우리가 총 일곱 명이니까 한 사람당 한 명의 능력을 취득하신다면 전부 해결하실 수 있겠네요?”

지크가 말한 ‘우리’는 휀을 시작으로 하여 지크까지, 주신계 직속 광역감찰부의 현장요원 일곱 명을 말한다.

그들은 리오를 제외하고 빛과 어둠, 불, 물, 땅, 바람 등을 구현할 수 있는 힘을 하나씩 갖고 있었다.

하지만 하이엘바인은 고개를 저었다.

“나에게 도움을 준 자네의 능력은 바람의 능력이 아니라 발전 능력이라네. 그 외에는 도움이 되지 않는다네."

"어째서요?"

"그것은 하이볼크가 자네들에게 부여한 힘이기 때문이라네. 다른 이가 이용할 수 없도록 잘 잠겨져 있지. 나뿐만 아니라 그 누구도 자네들을 이용할 수는 없을 것이야."

"안타깝네요."

하이엘바인의 그 강력한 모습을 당분간 볼 수 없다는 사실에 지크는 상당히 아쉬워했다.

리오는 화제를 바꾸기로 했다.

"그럼 지크, 넌 어떻게 이곳에 온 거지? 우리가 사용하는 공간의 문을 통해 오지 않고 공간의 균열을 통해서 떨어져 내렸는데, 사고인가?"

"사고라면 사고지."

지크는 팔짱을 끼고 고개를 끄덕끄덕했다.

하이엘바인은 그 모습이 왠지 재밌어서 자신도 모르게 소리 죽여 웃었다.

"나랑 사바신, 레디에게 얼마 전 임무가 떨어졌어. 두 명의 옛 신을 추적해서 잡으라는 거였는데, 그 신들이 있다는 세계에 가보니 말이 아니더라고."

"어째서?"

"렘런트였나? 그 녀석들이 잔뜩 있었지. 게다가 그 녀석들도 우리가 노리는 옛 신들을 쫓고 있었어."

"흠."

리오는 지금 들은 내용을 일단 잘 기억해 두었다.

"계속 추격한 끝에 그 옛 신들을 결국 따라잡았지. 그런데 어마어마하게 강했어. 우리 셋 다 몰살당할 뻔한 적도 몇 번 있었을 정도야. 그런데 오딘 할아버지가 우리를 도와줬어."

"오딘님이?"

리오와 하이엘바인 모두 의외의 이름이 나오자 상당히 놀랐다.

"응. 주신계의 의뢰를 받아서 오셨다고 했어. 그분 덕분에 우리 목숨과 사람들 목숨을 모두 건졌지."

"그럼 그분께서 너를 이곳으로?"

"아냐. 그건 사고에 가까운 일이었어. 오딘 할아버지가 옛 신 중 한 명과 맞상대를 하셨는데 그 싸움 탓에 공간이 찢어졌지. 나와 다른 애들은 전부 그 공간의 균열로 빨려 들어갔어. 어떻게 할 방법이 없었지."

"공간이 찢어질 정도의 싸움에…… 오딘님과 맞상대를 할 정도의 신이라고?"

리오는 쉽게 상상이 가지 않았다.

"그럴 리가 없네!"

하이엘바인이 목소리를 높여 강하게 부정했다.

"아무리 오딘님께서 신으로서의 권한을 잃으셨다 해도 그분과 대등하게 겨룰 수 있는 존재는 어디에도 존재하지 않네!"

"아, 진정하고 들어주세요."

지크가 두 손으로 앉으라는 제스처를 그녀에게 보냈다.

"믿으실지 모르겠지만 오딘 할아버지께서 그 신에게 힘을 나눠 주셨어요."

"뭐라고?"

하이엘바인은 자신의 귀를 의심했다.

"오딘님께서……? 대체 그 신이 누구이기에 그러셨단 말인가!"

"제우스였어요."

그것은 하이엘바인과 리오의 예상을 아득히 넘어선 큰 이름이었다.

"제우스? 올림포스의 제우스라고?"

리오가 다급히 물었다.

"응, 맞아. 쪼글쪼글한 모습으로도 상당히 강했는데, 오딘 할아버지의 힘을 받은 뒤에는 정말 괴물 같았지."

지크가 다시 팔짱을 꼈다.

"이 세계에는 아폴론까지 등장했다며? 이거 일이 커져도 너무 커지는 거 아냐?"

"그거야 두말할 나위가 없지만……."

말을 줄인 리오와 지크의 시선이 하이엘바인에게 자연스레 쏠렸다.

둘을 응시한 하이엘바인은 걱정으로 고개를 숙였다.

"오딘님과 나, 죽은 줄만 알았던 나의 부하들, 그리고 로키까지……. 올림포스뿐만 아니라 아스가르드의 잔재들도 이 세계에 있다네. 렘런트라는 존재가 벌인 일치고는 너무 크지. 하지만 우리는 여태껏 해결의 실마리는커녕 일이 차츰 커지는 것을 구경만 해왔다네."

"……."

"이제는 뭔가 해야 할 때가 아닌가 싶네."

"그렇지요."

동의하는 리오의 목소리는 묵직했다. 그러나 그 묵직함이 지나간 이후에 말을 꺼내는 사람은 없었다.

조금 뒤, 하이엘바인이 고개를 들었다.

"리오."

"예, 하이엘바인님."

"아무래도 길게 봐야 할 듯싶네."

"어떤 부분을 말씀하시는지……?"

"나에 대한 일일세."

그녀는 오른손으로 자신의 가슴을 덮었다.

"난 늙지 않네. 그만큼 긴 시간을 갖고 있지. 그러니 내 힘을 되찾는 문제는 당분간 배제했으면 싶네."

"하이엘바인님, 하지만……."

"냉정하게 생각해 주게."

하이엘바인이 바로 말을 끊었다.

"제우스라는 이름이 거명된 이상 내 문제를 우선시하는 것은 합리적이지 않네. 자네도 알지 않나? 로키가 내 문제를 약점 삼아 우리 일을 지연시켰네. 그리고 여기까지 왔지."

"……."

"난 괜찮네. 내 문제는 이 일이 해결되어 오딘님을 다시 뵙게 되면 어떻게든 될 것이네. 그러니 자네는 나에 대한 문제보다 자네가 할 일에만 집중하게."

하지만 리오의 생각은 달랐다.

"이럴 때일수록 여유를 가져야 합니다."

그가 조금 타이르는 투로 말했다.

"지크가 이곳에 온 것은 우연이라고 볼 수는 없습니다. 공간의 균열에 빨려 들어갔다면 가장 가까운 세계로 튕겨 나가야 정상입니다. 하필이면 이곳에, 그것도 바로 그 순간에 떨어질 이유가 전혀 없습니다."

"계산된 일이라는 건가?"

"유쾌한 우연은 절대 아닙니다."

그는 이어서 검지로 테이블을 천천히 두드렸다.

"로키는 우리를 이곳으로 보냈고 우리는 이곳에서 파프니르와 블랙테일 부족을 같은 날 만났습니다. 저는 서룡족 내에 블랙테일이라는 부족이 있다는 사실을 오늘 처음 알았으며 그들은 은신하고 있었습니다. 이것만 봐도 우리가 툭툭 터지는 우연에 따라 행동하는 것이라고 볼 수는 없습니다."

"그렇다면 우리가 정해진 과정을 따라가고 있다는 말인가?"

"상부에서 니블헤임으로 가라는 지시를 내린 순간부터 그럴 가능성이 높습니다."

하이엘바인의 시선이 테이블을 훑듯 좌우로 움직였다.

그녀는 속상했다.

도움이 되고자 이야기를 했지만 그마저도 어린아이의 투정이나 다름없었다.

하지만 그녀가 지금 품은 조그마한 분노의 화살은 리오가 아니라 그녀 자신에게 향하고 있었다.

그 화살의 이름은 자괴감이었다.

"하이엘바인님께서 힘을 되찾는 것은 그 과정 속의 일일지도 모릅니다. 로키는 분명 뭔가 알고 있고 우리는 어떻게 해서든 그 방법을 우리 것으로 만들어야 합니다."

이야기를 쭉 한 리오는 한숨을 쉬었다.

"말은 쉽지만… 어렵군요."

그가 약한 소리를 하자 하이엘바인과 지크가 움찔했다.

"어렵다니?"

"제 방식과는 많이 다르거든요."

리오는 턱을 괴었다. 그 상태로 고개를 틀자 그의 어깨에 위태하게 걸쳐 있던 붉은 머리카락들이 아래로 스르륵 미끄러졌다.

"렘런트부터 시작해서 이번 일의 대부분은 미지의 영역으로 꾸며져 있지요. 참고할 만한 자료도 없고, 올림포스 계열의 옛 신들과 싸운 경험도 별로 없고, 그렇다고 상부에 연락해서 물어보는 것도 안 되고. 결국 탐구심을 발휘해야 하는데, 제가 그렇게 부지런한 사람은 아니죠."

말을 늘어놓은 리오는 다시 한숨을 쉬었다.

하이엘바인은 리오의 말을 듣던 지크의 안색이 파랗게 변해가는 과정을 똑똑히 목격했다.

'난 뭐지? 응? 난 뭐냐고!'

지크는 밑에서 올라오는 열불에 심장이 터질 것 같았다.

"그럼 파프니르에 대한 일에 집중하세. 난 자네를 보조하는 것에 몰두하겠네."

"감사합니다, 하이엘바인님."

갈피를 대강 잡은 리오는 고개를 지크 쪽으로 돌렸다.

"사바신과 레디도 이곳에 왔을까?"

"나와 함께 같이 빨려 들어갔으니 이곳에 와 있겠지. 어디에 떨어졌느냐가 문제겠지만."

"흠."

리오가 턱을 만지며 생각했다.

"네가 이쪽으로 떨어진 것을 봐서 휀이 있는 곳으로 떨어졌을 수도 있겠군."

"대장 쪽으로?"

"그냥 가능성일 뿐이야. 그 녀석들만 다른 세계로 날아갔을 수도 있어."

"곤란하네."

지크는 양손으로 머리를 싸맸다.

그때, 천막 안으로 투구를 옆구리에 낀 황금여우 수인이 다리를 조금 절며 들어왔다.

"리오님, 계십니까?"

간단한 왕궁 예복을 입은 그 수인 소녀는 자신들의 공주와 마찬가지로 여우의 귀와 꼬리를 제외하고는 인간과 다를 바가 없는 외모를 갖고 있었다.

그녀는 리오가 정확히 누구인지, 어떻게 생겼는지 알지 못했다.

공주에게 들은 것은 '그들의 우두머리다' 라는 말뿐이었다.

그녀는 본능적으로 리오를 먼저 봤고 운 좋게도 결과는 괜찮았다.

"무슨 일이십니까?"

"예, 공주마마께서 일어나셨습니다. 마마께서 리오님을 뵙자고 하십니다."

"바로 준비하겠습니다."

리오는 망토를 챙겨 일어났다.

그 여우귀의 수인 소녀가 절뚝거리는 모습을 놓치지 않고 봤던 지크는 마침 기운이 쪽 빠져 테이블에 엎드려 있는 하이엘바인을 자극해 보기로 했다.

"저기요."

"응?"

하이엘바인이 고개만 들어 턱을 테이블에 댔다.

지크는 하이엘바인을 '저기요' 라고 부른 순간 아차 싶었다.

하지만, 그렇게 부른다고 해서 졸린 강아지처럼 순순히 대답하는 그녀의 모습에 잠시 할 말을 잃었다.

"제가 리오 녀석의 본질을 가르쳐 드릴까요?"

"리오의 본질?"

"알고 싶으시면 이쪽으로 오세요."

하이엘바인은 장난기가 발동한 지크를 따라 천막 밖으로 나갔다.

리오는 다리를 저는 수인 소녀와 함께 걷고 있었다.

지크의 능력으로는 바로 들켰겠지만 하이엘바인이 기척을 숨겨준 덕분에 둘은 들키지 않고 그를 미행할 수 있었다.

[뭐하는 건가? 이렇게 몰래 따라가는 것은 예의에 어긋나는 일일세.]

하이엘바인이 정신감응으로 따졌다. 그러나 지크는 물러날 생각이 전혀 없었다.

[조금만 더 지켜보세요.]

소녀의 걸음걸이에 맞춰 천천히 걷던 리오가 걸음을 멈추고는 소녀 앞에 한쪽 무릎을 대고 앉았다.

"다친 것 같은데, 내가 좀 봐도 되겠나?"

수인 소녀의 털북숭이 귀가 바짝 섰다.

"아, 아닙니다! 공주님께서 아픔을 견디고 계시는데, 일개 시종인 제가 어찌……!"

"그 다리로 공주님을 모시는 것도 죄야."

리오는 소녀로 하여금 자신의 어깨를 짚도록 한 뒤 다친 다리의 신발을 벗겼다. 퉁퉁 부어오른 발목이 작고 뽀얀 발과 대비되었다.

사내의 크고 붉은 손이 발목에 닿자 소녀의 몸이 사르륵 떨렸다.

"접질렸군."

"예."

"오늘 그런 것은 아닌 것 같네?"

"아, 예. 공주님을 모시고 갑옷 입은 괴물들을 피하다가 그만…… 아!"

리오의 검지가 복사뼈 근처를 훑자 소녀는 흠칫 탄성을 냈다.

"여기로군. 잠깐 참아."

치료를 위해 성질을 바꾼 그의 기력이 소녀의 발목으로 흘러들어 갔다.

원래 그는 치유 마법이나 기를 이용한 치료에 익숙지 않았다.

하지만 쑤밍을 가르치면서 간단한 타박상이나 골절상 정도는 전문적으로 만져 줄 수 있었다.

한편, 하이엘바인과 함께 그 모습을 훔쳐보던 지크는 잘못된 정보를 그녀에게 전달했다.

[자, 보세요! 저 녀석은 여자라면 애고 어른이고 가리질 않는 비열한 놈이에요!]

[내가 보기엔 그냥 치료해 주는 것 같네만…….]

[저 꼬마의 얼굴을 좀 보시라고요!]

하이엘바인은 지크의 말에 따라 수인 소녀의 얼굴을 봤다. 그 아이는 홍조를 띤 얼굴로 리오의 모습을 부끄럽게 바라보고 있었다.

[과연 그렇군.]

[그렇죠?]

[하반신으로 신계를 정복할 사내라면 저 정도는 되어야지.]

지크의 표정이 납빛으로 변했다.

[뭐로 어디를 어떻게 해요?]

[아, 몰랐나?]

하이엘바인이 순진한 얼굴로 낯부끄러운 이야기를 해주는 한편, 리오는 소녀의 발목에서 손을 떼었다.

"자, 이제 괜찮을 거야."

실제로도 부기가 많이 빠져 있었다. 소녀는 용기를 내어 땅을 디뎌봤다.

"우와."

소녀의 얼굴이 환해졌다. 다친 이후 특별한 치료를 받지 못해 괴롭고 아프기만 했던 발목이 이제는 가뿐하고 시원

했다.

"감사합니다, 리오님! 정말 감사합니다!"

소녀는 귀가 흔들릴 정도로 연거푸 인사했다.

"그래. 이제 공주님께 가보자."

리오는 즐거워하는 소녀의 머리를 만져 주며 공주가 있는 곳으로 길을 걸었다.

'아, 또…….'

지크에게 이야기를 하던 하이엘바인은 소녀의 머리카락 사이를 훑는 리오의 손에 시선을 빼앗겼다.

그녀는 리오가 루이체와 쑤밍은 물론 어린아이의 모습으로 자신들을 따라다녔던 렘런트의 머리카락도 만지작거리는 것을 몇 번이고 목격했다.

얼마 전까지는 그다지 신경 쓰지 않았지만 최근에는 그렇지 않았다.

최근에는 저 크고 거친 손이 자신의 머리에 닿으면 어떤 기분이 들까 하는 상상도 해봤다.

'아버님께서 쓰다듬어 주실 때와 비슷할까?'

아무래도 다를 것 같았다.

하이엘바인은 하반신이 어쩌고 하는 이야기 때문에 넋이 나간 지크를 문득 돌아봤다.

"이보게, 지크."

"네?"

"내 머리를 쓰다듬어 보겠나?"

지크의 얼굴이 핼쑥해졌다.

"왜요?"

"자네도 봤다시피 리오는 여자들의 머리를 자주 쓰다듬지 않나? 그런데 그것을 싫어하는 여자들은 없었네. 오히려 좋아라 하더군."

하이엘바인의 표정이 뾰루퉁해졌다.

"뭐, 그렇겠죠."

시샘이 지크의 뱃속과 머릿속을 다시금 뜨뜻하게 달궜다.

'항상 이런 식이지.'

임무의 관계자, 또는 사건에 휘말린 자가 여성인 경우는 그리 신기한 일도 아니었다.

리오의 경우 종족을 초월하여 호감을 얻는 일이 많았지만 지크는 그렇지 않았다.

잘해야 재미있는 사람 취급이었다.

물론 지크 자신이 미처 느끼지 못했던 경우도 많았지만 일단 지크는 그 '이성 관계' 에 대해서 피해 의식을 느끼고 있었다.

"그런데 그가 나에게 그런 적은 없다네. 대체 어떤 기분이 되는지 궁금해서 그러니 자네가 한 번 나를 쓰다듬어 보게."

"음……!"

"자, 어서."

그녀의 초롱초롱한 눈을 보며 침을 꿀꺽 삼킨 지크는 자신도 모르게 그녀의 머리 쪽으로 손을 내밀었다.

은발에 덮인 두상의 형태가 보기 좋았다. 그렇게 생각했을 뿐인데 손이 나가 버린 것이다.

지크는 그녀와 가까워질수록 손끝이 떨림을 느꼈다.

그러다 우뚝 멈췄다.

"이, 이건 아무래도 아닌 것 같아요."

"응?"

"그냥 나중에 리오에게 직접 해보라고 하세요. 전 몰라요."

그리고는 뒤로 휙 돌아앉았다.

지크가 왜 거부했는지 이해할 수 없었던 하이엘바인은 인상만을 구겼다.

소녀의 안내를 받아 노블의 숙소로 들어간 리오는 침대에 누워 수인족 의사들의 간호를 받고 있는 노블을 만날 수 있었다.

"어서 오게."

시종들의 도움을 받아 반쯤 일어난 노블은 리오를 직접 맞이했다.

"너희는 나가 있어라. 단둘이 이야기하고 싶구나."

"예, 마마."

허리 숙여 응답한 시종과 의사들이 서둘러 방을 빠져나갔다.

"거기 앉게."

노블은 침대 옆의 작은 의자를 가리켰다.

그 후에 잠깐 정적이 흘렀다. 수인들을 위해 만들어진 그 의자는 인간 중에서 큰 편인 리오의 몸집을 버틸 만한 물건이 아니었다.

"저는 괜찮습니다."

"음."

머쓱해진 노블은 오랫동안 누워 있느라 헝클어진 머리를 괜히 긁적거렸다.

"검은 꽃의 잎사귀, 잘 받았네."

"도움이 되어 기쁩니다."

노블은 리오를 가만히 바라보다가 이내 한숨을 쉬었다.

"그대는 아무래도 로키의 부하가 아닌 것 같군."

리오는 그녀가 그렇게 확정짓듯 말하는 이유가 궁금했다.

"그렇게 생각하신 이유가 궁금합니다."

"음. 이것 때문일세."

그녀는 침대 머리맡에 놓인 까만색의 덩어리들을 손에 쥐어 보였다.

"이것은 검은 꽃의 씨앗일세."

그 씨앗은 카이리가 잎사귀와 함께 건네준 것들이었다.

하지만 리오는 그것이 무슨 의미를 지니는지 전혀 알지 못했다.

"정말 모르는군."

노블은 씨앗을 다시 내려놓았다.

"사실 우리 왕국에서도 씨앗만 있다면 검은 꽃을 얼마든지 재배할 수 있다네. 재배에 필요한 연구는 아주 오래 전에 마무리된 상태지. 하지만 왕국에서 검은 꽃을 재배하는 것은 금지되어 있다네."

"반드시 재배할 필요성이 있는 식물이 아니었습니까?"

검은 꽃의 잎사귀는 황금여우 부족에게만 발병하는 희귀병의 진행을 완화시키는 유일무이한 약재였다. 언제 어떻게 희귀병이 돌지 모르는 황금여우 부족의 입장에서는 꽃을 재배하는 것이 당연했다.

"꽃의 재배를 막은 자가 바로 로키일세. 니블헤임의 속국이나 다름없는 우리 입장에서는 그 괴팍한 자의 지시를 따를 수밖에 없었지. 만약 어겼다가는 니블헤임의 군대가 우리 왕국을 초토화시킬 테니까."

"그런 이유가 있을 줄은 몰랐습니다."

노블은 위엄과 간절함을 섞어 리오를 바라봤다.

"내가 자네와 자네 일행을 믿어도 되겠나?"

"믿고 맡기실 일이 있으시다면 언제든지 믿어주십시오."

대답을 들은 노블은 한참 동안 말없이 시간을 보냈다. 리오는 서 있는 채로 그녀가 말하기를 기다렸다.

"자네들은 로키의 부하도, 우리 왕국을 습격한 괴생명체들의 동료도 아닌 것 같더군. 듣자 하니 내가 혼절해 있는 사이에 파프니르들과도 싸웠다고 하던데, 대체 자네들의 정체는 무엇인가?"

"문제를 해결하기 위해 온 자들입니다."

리오의 대답은 노블이 받아들이기에는 너무 추상적이었다.

어린 공주의 표정이 영 안 좋게 변하자 리오는 다시 설명했다.

"이 세계는 현재 공주님께서 생각하시는 것 이상으로 큰 문제에 휘말려 있습니다. 이 도시를 습격한 괴생명체들이 바로 그 문제 중 하나입니다. 저와 제 동료들은 그 일을 해결하기 위해 이 세계에 내려왔습니다."

노블이 눈을 깜박거렸다.

"그럼 그대들은 이 세계의 사람들이 아니란 말인가?"

"그렇습니다."

노블은 두 손으로 이불을 꼭 쥐었다.

"당장 믿기 힘들지만… 알았네. 우선 저 코트를 내게 주게나."

리오는 공주가 가리킨 흰색의 모피코트를 돌아봤다. 리오는 내심 의아했지만 일단 그녀의 부탁대로 코트를 들어 그녀에게 건네주었다.

노블은 이불을 걷고 코트를 주섬주섬 입었다. 착용을 마무리한 뒤엔 두 팔을 들어 리오 쪽으로 벌렸다.

"나를 안게."

"예?"

"지금 나는 힘이 없어 걷기 힘들다네. 자네가 직접 안아 옮기게. 어디로 가야 할지는 내가 얘기해 주겠네."

"아… 제가 공주님을 직접 모시면 부작용이 좀 있을 것 같습니다만?"

"부작용? 무슨 말인가?"

"아닙니다."

리오는 어쩔 수 없이 그녀를 들어 반쯤 굽힌 자신의 왼쪽 팔뚝 위에 앉혔다.

꼭 인형을 안아 옮기는 듯한 자세였다.

"자네는 부녀자를 들어 옮기는 것에 익숙한 사내였군. 팔이 울퉁불퉁해서 몸을 맡기기가 불편할 줄 알았는데, 제법이야."

"여자애들을 둘이나 길러온 덕에 익숙합니다."

"둘?"

노블은 루이체와 쑤밍을 떠올렸다.

"자네, 겉보기와 달리 나이가 꽤 많은가 보군."

"아주 많지요."

리오는 지그시 웃었다. 노블은 인간치고는 꽤 따뜻한 미소의 소유자라고 느꼈다.

노블이 리오를 안내한 곳은 반파된 황금여우 부족의 왕궁이었다.

불이 모두 꺼진 왕궁의 분위기는 흐릿한 달빛 덕분에 을씨년스러웠다.

노블과 리오를 따라온 왕국 기사들도 유령이 나오지 않을까 두려워할 정도였다.

성문에 도달한 리오는 걸음을 멈췄다. 무너진 성벽이 강철로 된 성문과 각종 장식물들에 뒤엉켜 길을 완전히 가로막고 있었다.

"이건 좀 곤란하군. 부하들을 더 데려올 것을 그랬어."

노블이 한숨을 쉬었다.

리오는 오른손을 툭툭 털며 장애물들의 상황을 살폈다.

"공주님께서 진실을 이야기해 주시면 제가 좀 도와드리겠습니다."

"진실이라니, 무슨 말인가?"

리오가 노블을 봤다.

"공주님께서 괴생명체라고 부르는 자들을 저희는 렘런트라 지칭하고 있습니다."

"그 호칭 문제와 진실이 무슨 관계인가?"

"아무리 봐도 렘런트가 도시를 이렇게 파괴한 것 같진 않더군요."

그의 지적에 날카롭기만 하던 노블의 눈초리가 누그러들었다.

"어떤 대답을 원하나?"

"사실 그대로 말씀해 주시면 됩니다."

"걱정하지 말게."

노블의 표정이 다시 원래대로 돌아왔다.

"나는 자네에게 사실을 말해주기 위하여 이곳으로 안내한 것일세."

"그러시다면."

리오가 오른손을 앞으로 휙 뻗었다.

노블의 노란색 머리카락이 돌풍을 맞은 것처럼 펄럭거렸다.

그들의 앞길을 가로막고 있던 성벽과 성문의 잔해가 굉음을 일으키며 날아갔다.

머리카락이 모두 들떠 버린 노블과 그녀를 따르는 기사들은 자신들과 함께 온 남자가 맨손으로 저지른 일을 보고 경악을 금치 못했다.

"가시죠."

"그, 그러세."

노블과 기사들은 손바닥 모양으로 움푹 찌그러진 성문을 구경하며 리오가 만든 길을 통과했다.

"공주님, 어디로 가면 됩니까?"

"어? 어, 어흠! 왕궁 안으로 가면 된다네."

노블은 살짝 쥔 주먹에 기침을 하며 위엄을 애써 유지했다.

가는 도중 리오가 치워야 할 방해물들은 한두 개가 아니었다.

건물의 파편, 부서진 석상, 철골 구조물, 혼자서는 절대로 옮기지 못할 규모의 샹들리에 등등.

하지만 리오는 그 모든 것을 오른팔 하나로 해결하며 길을 텄다.

노블을 불편하게 한 것은 리오가 일을 해결할 때마다 풀풀

날리는 흙먼지 정도였다.

"자네, 사람 맞나?"

노블이 결국 그리 물었다.

"그냥 속임수 비슷한 것이죠."

그러나 노블은 수십 명이 달라붙어도 움직이지 못하는 석상을 한 손으로 쓱 당기는 속임수 따윈 들어본 적도 없었다.

속임수라는 리오의 대답은 꼭 거짓이라고 볼 수 없었다.

일반적으로 자신보다 훨씬 무거운 물체를 움직이려면 완력도 완력이지만 그에 걸맞은 무게를 지녀야 한다.

리오의 실제 체중은 키와 두꺼운 근육질 때문에 정상 체중 이상이었지만 인간의 범위에서 벗어나진 않았다.

그런 그가 초대형 물체를 문제없이 옮길 수 있는 것은 자신에게 가해지는 모든 물리 법칙을 왜곡시킬 수 있기 때문이다.

그가 검 한 자루만으로 마법조차 통하지 않는 갑옷이나 생물의 껍질을 부술 수 있는 것도 바로 그 때문이다.

보통 수천 배 이상, 위급할 경우 수만 배 이상까지 증가되는 그의 몸무게가 잘 다듬어진 칼날의 뾰족한 한 점에 실려 무시무시한 속도로 움직인다. 그것이 리오의 '평범한 공격'이었다.

그 끔찍한 상황에 용족의 마법 방어 능력조차 넘어선 고차원의 마법이 혼합되는 게 바로 마법검이다.

그때부터 리오를 상대하는 적의 상황은 걷잡을 수 없이 꼬이게 된다.

그런 초자연적인 사태를 막거나 흘려내는 것은 실로 대단한 일이었다.

노블은 리오를 왕궁의 지하로 안내했다.

몇 개의 비밀 관문을 거쳐 도달한 장소에는 녹슨 강철의 냄새를 진하게 풍기는 큰 문이 도사리고 있었다.

좌우로 열리는 것이 분명해 보이는 그 문의 하단, 즉 공주의 팔이 겨우 닿을 만한 부분엔 작은 원반이 붙어 있었다.

리오는 몸을 숙여 그 원반을 살펴봤다. 옆에 있던 기사가 미리 준비한 햇불을 비춰줬지만 밤에도 별문제 없이 물체를 구분할 수 있는 리오에겐 오히려 시야를 방해하는 과잉 친절이었다.

원반의 중앙에는 사람의 것보다 조금 작은 손의 모양을 한 문장이 정교하게 새겨져 있었다.

그리고 문장 끝에는 손가락이 들어가기에 딱 맞는 다섯 개의 구멍이 뚫려 있었다.

'유전자 감별 방식의 자물쇠로군. 꽤 구식이고, 단순하고,

최근에 사용된 흔적이 있어.'

원반을 가만히 바라보던 노블이 손으로 리오의 뒷목을 툭 툭 쳤다.

"나를 내려주게."

"괜찮으시겠습니까?"

"서 있는 정도는 할 수 있을 것이야."

공주는 두 발로, 그것도 아무것도 감추지 않은 맨발로 땅에 섰다.

기사들은 노블을 걱정했지만 죄책감에 가까운 책임감으로 머릿속을 꽉 채운 노블에겐 바닥의 차가움 따위는 아무것도 아니었다.

"이곳은 우리 왕가에 대대로 전해지는 비밀장소라네. 하지만 비밀스럽다는 것만 알려졌을 뿐, 안에 무엇이 있는지는 아무도 알지 못했네. 왕가의 기록에도 없었거든."

그녀는 원반의 구멍에 맞춰 손가락을 넣었다.

"그런데 이 장소가 나를 불렀네."

"불렀다는 말씀은⋯⋯."

노블의 눈초리가 떨렸다.

"불렀다는 말밖엔 할 수가 없군. 내 머릿속에서 목소리가 울렸네. 정신을 차려보니 내가 이곳에서 이 자물쇠를 돌리고 있었지."

노블은 원반에 꽂은 손에 힘을 주었다.

"아, 아니?"

원반은 꿈쩍도 하지 않았다.

처음에 오른쪽으로 돌려봤던 그녀는 반대 방향으로도 돌려봤으나 달라지는 것은 없었다.

"분명 돌아갔는데……?"

그녀가 당혹감에 찬 눈으로 리오를 돌아봤다. 리오는 자신도 영문을 모르겠다는 표정을 지었지만 그것은 노블의 체면을 위한 가식일 뿐, 실은 자물쇠가 돌아가지 않는 이유를 알고 있었다.

'문의 주인이 원하질 않는데 움직일 리가 없지.'

노블이 문을 연 것은 틀림없는 사실이다. 그때는 문의 실제 주인이 노블을 필요로 했기 때문에 길을 열어준 것이고 지금은 필요가 없거나 노블의 가치를 판단할 수단이 없기 때문에 반응하지 않고 있었다.

그것이 리오가 여태껏 겪은 '문' 들의 특징 중 하나였다.

'큰일일지도 모르겠군.'

리오는 원반의 윗부분에 손을 댔다.

"제가 열어봐도 되겠습니까?"

"자네가?"

노블은 원반의 구멍에서 손가락을 뺐다.

"하지만 이 자물쇠의 구멍은 자네의 손에 맞지 않을 것 같은데?"

그 말이 끝나기 무섭게 리오의 주먹이 원반에 꽂혔다. 부서진 원반의 파편이 노블과 기사들의 눈앞에서 우수수 쏟아졌다.

"맞추면 되지요."

리오는 깨진 틈에 두 손을 집어넣었다.

"기사들과 함께 물러나십시오. 위험할지도 모릅니다."

"알겠네."

노블이 기사들에게 손짓했다. 그들은 기마전을 하듯 조를 짜서 노블을 받쳐 든 후 뒤로 물러났다.

"그럼 열겠습니다."

리오의 팔과 어깨의 근육이 팽팽해졌다. 문이 좌우로 서서히 열리면서 안쪽에서 무지개와 비슷한 배색의 빛이 쏟아져 나왔다.

노블과 기사들은 그 오묘한 빛을 보고 신기해했다. 하지만 리오의 표정은 좋지 않았다.

'방 안에 동력이 남아 있군.'

뭔가 있다.

그 생각이 리오의 뇌리에 직격함과 동시에 문이 공격적으로 열렸다.

문 안쪽에서 강한 섬광이 터졌다.

"윽!"

그냥 뭔가가 번쩍거렸다는 느낌만 받았을 뿐 아무 반응도 하지 못했던 노블과 기사들은 자신들의 오른쪽에서 느껴지는 공허함에 이끌려 고개를 그쪽으로 돌렸다.

벽돌로 단단히 다져진 벽이 조각칼로 도려낸 듯 깨끗하게 파여 있었다.

만약 리오가 그것을 보호막으로 튕겨내지 않았다면 모두가 다리 두 짝만 남기고 사라졌을 것이다.

리오는 왼손에 펼쳤던 희뿌연 보호막을 거뒀다.

"후후, 이것 참."

그가 씁쓸하게 웃었다.

사라진 벽을 멍하니 바라보고 있던 노블은 그 웃음소리에 가까스로 정신을 차릴 수 있었다.

"어, 어떻게 된 건가?"

"기억나지 않으십니까?"

리오가 서 있는 장소의 오른쪽 바닥에서 보라색의 빛이 올라왔다.

그 빛으로부터 진보라색의 대검, 디바이너가 소유자의 부름에 따라 올라왔다.

무기가 그렇게 소환되는 깃을 처음 봤음에도 불구하고 노블과 기사들의 눈은 다른 곳에 박혀 있었다.

그들은 황금색의 화려한 상자, 아니, 관 위에 두 다리를 모으고 앉아 있는 하얀색의 소녀를 보느라 여념이 없었다.

그녀는 머리카락부터 피부, 그리고 입고 있는 원피스 옷까지 모두 하얀색이었다.

그녀를 이곳에 오기 전에 거쳤던 숲에서, 그리고 노블의 몸에서 빠져나올 때 각각 목격했던 리오는 디바이너를 쥐고 방안으로 들어갔다.

"저 아이일세!"

노블은 그 소녀가 자신에게 힘을 주겠다고 말한 존재임을 확실히 기억하고 있었다.

"그렇군요."

리오의 두 눈에서 파란빛이 올라왔다.

'식사하길 잘했군.'

그렇지 않았다면 그는 체력 문제로 고생했을 것이다.

소녀가 관 위에서 내려왔다.

"배제 대상 2순위 포착. 즉시 배제."

소녀의 몸에서 검은빛이 대량으로 올라왔다. 하얗기만 하던 피부도 검은색으로 변하면서 과도하게 타버린 고기처럼 쭈글쭈글해졌다.

그러나 그 이상의 일은 일어나지 않았다.

"전투 형태로 변형 불가?"

소녀의, 파프니르의 눈이 경악으로 빛났다.

"놀랐나? 몸의 형태와 크기를 바꿀 수 있는 존재는 꽤 많아. 그리고 난 그런 녀석들을 꽤 오랫동안 상대해 왔지."

리오는 어중간한 형태로 덜덜 떠는 파프니르에게 접근했다.

"몸이 작아지는 존재라면 모를까, 커지는 존재는 이런 협소한 공간에서 잡기가 쉬워. 내 힘의 압력을 높여서 변형에 필요한 공간을 안 주면 되거든. 물론 이런 지형적인 이점을 잡을 기회는 거의 없지만."

그 설명을 들은 파프니르는 즉시 변형을 포기한 후 맨손으로 리오에게 덤벼들었다.

하나 방 전체에 가득 찬 리오의 힘이 파프니르의 움직임까지 철저하게 방해했다.

리오는 출입구를 통해 조금씩 새어나가는 자신의 힘이 신경 쓰였으나 즉시 잡으면 된다는 생각으로 신속히 움직였다.

파프니르의 발차기가 뻣뻣하고 어설프게 리오를 노렸다. 인간 소녀의 형태로 싸우는 방법에는 전혀 익숙지 않다는 말이나 다름없었다.

검으로 즉시 다리를 후려쳐 공격을 받아낸 리오는 실전으로 단련된 발차기로 파프니르의 옆구리를 걷어찼다.

파프니르는 공처럼 벽과 천장에 각각 부딪힌 뒤 바닥에 추락했다.

엎드린 파프니르의 등판을 디바이너의 두꺼운 칼날이 꿰뚫었다.

그 충격이 방뿐만 아니라 왕궁 전체를 흔들었다.

검에 꿰뚫린 파프니르가 검은색과 하얀색으로 마구 변하며 괴성을 질렀다.

얼굴까지 소녀의 것과 드래곤의 것으로 교차하는 바람에 출입구 밖에서 구경하던 공주와 기사들의 안색이 파랗게 질렸다.

"얌전히 있으라고!"

리오가 발로 파프니르의 목을 밟았다.

단단한 물체가 부러지는 소리와 함께 파프니르의 목이 등쪽으로 돌아갔다.

그는 거기서 파프니르의 발악이 끝날 줄 알았다 하나 그는 파프니르의 변형 능력에 대해 완벽히 파악하지 못하고 있었다.

흙먼지가 디바이너 밑에서 폭발하듯 솟아올랐다.

"이런!"

깜짝 놀란 리오는 손으로 파프니르를 붙잡으려 했으나 그 괴물은 이미 온몸으로 땅을 파고들어 가 순식간에 탈출하고 말았다.

"제길."

리오는 파프니르 대신 돌 부스러기를 거머쥔 왼손을 움켜 쥐었다.

온몸이 경직된 채로 그 일을 구경한 노블이 혼절하여 기사들 위로 쓰러졌다.

기사들 역시 오금이 저렸지만 노블에 대한 마음을 버팀목 삼아 필사적으로 버텨냈다.

분한 마음에 바닥만 바라보던 리오는 눈을 감고 마음을 정리한 뒤 교신기를 빼 들었다.

"루이체? 모두를 데리고 내가 있는 곳으로 와줘. 아, 그래. 당장."

교신기를 내린 그는 파프니르가 있던 방을 둘러본 뒤 노블과 기사들에게 서둘러 다가갔다.

기절한 노블도 노블이었지만 기사단이 문제였다.

파프니르의 괴이한 독기와 변형할 때 보인 흉한 모습을 여과없이 맞닥뜨린 탓에 그들 모두 미치기 일보 직전이었다.

"괜찮소? 다친 사람은?"

리오가 다가와서 안부를 묻자 기사들이 울음을 터뜨렸다.

뒤늦은 이야기지만 오로지 공주만을 위해 꾸려진 그 기사들은 전부 여성이었다.

잠시 후, 일행과 함께 달려온 루이체가 노블을 돌보는 한편 리오는 하이엘바인과 함께 파프니르가 앉아 있던 관을 분석했다.

"어떻게 생각하십니까?"

"음……."

황금색 관을 한참 살피던 하이엘바인은 리오의 질문에 즉답하지 않았다.

리오는 그녀 나름대로 진지하게 생각하는 것 같아 여유를 주기로 하고 쑤밍이 챙겨온 자신의 장비들을 착용했다.

'파프니르라는 존재에 대해 도무지 감이 안 잡히는군. 블랙테일 족장에게 연락을 해봐야 하나?'

고민하고 있는 그의 망토를 하이엘바인이 쿡쿡 잡아당겼다.

"이보게."

"예, 하이엘바인님."

"이 관은 아무래도 아스가르드의 기술로 만들어진 것 같네."

"예?"

그녀가 일어나서 관의 뚜껑을 쓰다듬었다.

"표면의 처리 방식이 내가 입고 있는 갑옷과 유사하네. 물보다 작은 입자조차 맺히지 못할 정도로 표면의 안팎이 완벽하게 차단되지. 하지만 문제는 기술이 아니네."

"그럼 무엇입니까?"

"리즈 스타인님의 저택 지하에 있는 라그나로크 기록과 그 설치 시기가 거의 일치하네."

리오는 팔짱을 끼고 생각에 잠겼다.

"쑤밍."

"예, 스승님!"

케롤, 지크와 함께 파프니르가 뚫고 들어간 구멍을 살피던 쑤밍이 바로 반응하여 그에게 다가왔다.

"블랙테일 족장께서 파프니르가 서룡족의 선조와 관계가 있다고 하셨던 것 같은데, 혹시 구체적으로 들은 바가 있나?"

"그렇지 말입니다."

"간추려서 들을 수 있을까?"

"예, 스승님."

그녀는 교신기를 빼 들어 자신이 메모해 두었던 내용을 살펴봤다.

"브리간트님과 용족이 세상에 처음 나타났을 때의 얘기입니다. 파프니르님은 서룡족의 시조이신 여덟 명의 형제자매

중 한 분이셨는데, 원인 불명의 공격을 받고 심장을 잃은 채 돌아가셨다고 합니다."

"음, 그리고?"

"파프니르님의 시신은 얼음에 보관되었는데, 얼마 후에 그 시신마저 사라져서 신계와 용족 사이에 큰 분쟁이 벌어졌다고 합니다. 그리고 한참 뒤에 파프니르 타입이라고 불리는 개조 생명체들이 나타났다고 하셨지 말입니다."

"그 한참 뒤가 언제지?"

동룡족의 특징인 쑤밍의 적색 눈동자가 좌우로 왕복했다.

"그러니까… 블랙테일 족장님의 연세가 1만 살 아래로 예상되고, 그분께서 어리셨을 때 파프니르 타입이 이 세계에서 확인됐으니 지금으로부터 약 9,000년 전이라고 보시면 될 겁니다."

"그래?"

리오는 자신의 뒷목을 꽉 잡았다. 인상을 한 번 찡그린 그는 힘들게 입을 열었다.

"하이엘바인님, 파프니르는 아무래도 만들어지자마자 이 세계에 보관됐던 것 같습니다. 용족이 나타난 시기와 라그나로크 기록의 설치 시기가 오차 범위 내에서 일치하니 큰 연관이 있는 것은 분명합니다."

"음."

"이 관뿐만 아니라 파프니르 역시 아스가르드의 기술로 만들어진 것이라 추정할 수 있겠지요. 로키도 파프니르의 정체를 알고 있었고 말이지요."

리오는 케롤 쪽으로 손가락을 두 번 빠르게 튕겼다.

"잠깐 여기 좀 볼까?"

"예, 리오님."

돋보기로 구멍을 살피고 있던 케롤이 밝은 얼굴로 일어났다.

"파프니르를 추적할 수 있겠나?"

"웃홍, 물론이죠. 위치도 파악해 놨답니다. 하지만 지금 추적하는 게 의미가 있을까요?"

"왜?"

"파프니르가 다친 것은 확실한데 얼마나 다쳤는지, 또 재생 능력이 어느 정도인지 모르거든요. 지금 완전히 회복해서 하늘로 날아가 버리면 추적이 불가능해요."

"그건 걱정하지 마. 저주 마법을 잘 걸어서 쳤으니 앞으로 두 시간 정도는 문제없을 거야."

"우후, 용의주도하시네요. 그럼 제가 앞장설게요!"

케롤은 리오와 단둘이 가는 것을 꿈꾸며 왼손을 가슴에 두고 오른손을 옆으로 쭉 폈다.

리오가 고개를 끄덕였다.

"좋아. 그럼 하이엘바인님과 함께 가는 것으로 하지."

하이엘바인과 케롤의 시선이 무의식적으로 마주쳤다.

둘은 서로가 실망한 표정을 짓고 있는 것을 보고 속이 상했다.

그러나 리오의 말은 아직 끝난 게 아니었다.

"그럼 하이엘바인님, 지크와 케롤을 부탁드리겠습니다."

하이엘바인의 안색이 확 변했다.

"자네는?"

"전 여길 지켜야죠."

"하지만……!"

"시급을 다투는 일입니다."

"아, 알았네."

하이엘바인의 어깨에서 힘이 빠졌다. 케롤도 마찬가지였다.

지크는 인상을 쓴 채 하이엘바인과 케롤 사이를 지나갔다. 그러다가 감정이 북받쳐 올랐는지 둘을 돌아보며 팔을 한 차례 휘저었다.

"이런 경우 처음 당하죠? 난 자주 당해요! 그러니 어서 가자고요!"

그의 기합에 눌린 하이엘바인과 케롤은 서둘러 지크를 따라나섰다.

리오는 황금색 관을 다시 만지며 생각에 잠겼다.

'여기 있는 한 마리, 혹은 두 마리만 깨어난 게 아니야. 여러 마리가 동시에 깨어났어. 그렇다면 뭔가 시발점이 있다는 뜻인데, 설마 로키가 저지른 짓인가? 아니면 파프니르가 일제히 깨어날 만한 사건이 있었던가?'

그는 생각을 계속 해봤으나 감이 잡히지 않았다.

*   *   *   *

지크가 앞서 날아가고 케롤과 하이엘바인이 그 뒤를 따라갔다.

지크는 팔짱을 끼며 뒤를 봤다.

'표정들이 아주 가관이군.'

하이엘바인과 케롤 모두 물벼락 맞은 강아지처럼 축 늘어져 있었다.

지크는 그들이 왜 그러는지 잘 알고 있었다.

'하이엘바인님은 그렇다 치고.'

그가 케롤에게 불쾌한 시선을 던졌다.

'저놈은 남자잖아?'

마침 케롤이 그를 봤다.

"무슨 일이시죠?"

"그냥, 너무 남자답게 보여서."

둘이 서로에게 눈총을 보냈다.

묵묵히 지크를 바라보던 하이엘바인이 조심스럽게 입을 열었다.

"이보게, 지크."

"예?"

"자네는 왜 내 머리를 쓰다듬지 못했나?"

지크는 또 그 얘기냐며 내심 소리를 질렀다.

"그… 신분 차이도 있고, 아직 하이엘바인님과 저는 그렇게 친한 사이가 아니잖아요."

"무슨 말인가? 우리는 전우가 아닌가?"

"전우면 오히려 더 곤란하죠."

"응?"

"제가 있던 세계에서는 성추행으로 막 잡혀가요. 망신도 당하고."

뜻 모를 말에 하이엘바인과 케롤이 시선을 나눴다.

"그 얘기는 나중에 좀 하죠. 지금은 파프니르인가 하는 녀석을 쫓는 중요한 순간이잖아요?"

"음, 그렇지. 내가 실수했네."

하이엘바인이 두 손으로 자신의 볼을 찰싹 두드렸다.

조금 뒤, 그녀의 초감각에 강한 느낌이 왔다.

"아, 저기 있군."

그녀가 숲을 가리켰다.

그쪽에 내려선 일행은 두 장의 커다란 날개를 목격했다.

하이엘바인은 그 날개가 파프니르의 것임을 한눈에 알아봤다.

날개의 근원에는 소녀의 모습을 한 생명체의 상반신이 있었다.

몸은 새카맸고 하반신은 다리 대신 꼬리로 채워져 있었다.

리오가 건 저주의 마법검으로 인해 몸의 회복이 꼬이면서 벌어진 광경이었다.

하이엘바인은 예전에 숲에서 만났던 소녀, 아니 파프니르를 떠올렸다.

그 귀엽던 모습과 지금의 끔찍한 모습은 도저히 동일한 생명체의 것이라고 보기 힘들었다.

"우리가 편하게 해줌세."

"간단한 일 같으니 제가 맡죠."

지크가 손을 꺾으며 앞으로 나갔다.

"괜찮겠나?"

그녀가 묻자 지크가 피식 웃었다.

"지켜보세요. 리오보다 멋있을 테니까요."

"오, 오오!"

하이엘바인이 왠지 기대를 잔뜩 했다.

저주에 괴로워하던 파프니르가 자신에게 다가오는 지크를 노려봤다.

"배제 대상, 4순위."

"쯧, 기분 나쁘게."

지크의 오른손에서 작은 회오리바람이 일어났다.

그 바람은 곧 지크의 키만큼 긴 도검으로 변했다.

"이 어르신의 이름은 지크라고 해. 지크 스나이퍼님이야. 멋지지?"

"이름 따위엔… 관심없다."

"나도 너한테는 큰 관심 없어."

지크는 지금 불러낸 대도(大刀) 무문(舞雯)의 긴 자루를 잡았다.

이어서 길고 늘씬한 칼날이 숲의 찬 공기를 가르며 등장했다.

하이엘바인은 불의 별에서 지크의 그 무기를 본 일이 있었다.

'볼 때마다 아름다운 무기로군.'

파프니르가 힘겹게 일어났다.

"비상 가동 체계, 작동……!"

파프니르의 등판 일부분이 체액을 뿌리며 튀어나갔다.

날개 한쪽과 등판의 일부분이 포함된 그 고깃덩어리에는 디바이너와 마법검이 남긴 상처가 붉게 변색되어 빛나고 있었다.

그것이 연기를 뿜어내며 사라졌다.

하이엘바인은 그 '일부'가 있던 장소를 확인하고 싶었지만 파프니르의 기운이 급속도로 증가하면서 시선을 빼앗겼다.

어렵게 변형에 성공한 파프니르가 입을 벌렸다.

큰 힘이 파프니르의 입 속에서 끓어올랐다.

"지크! 주의하게!"

하이엘바인이 외쳤다.

"그러죠!"

지크의 전신에서 일어난 전류가 왼손에 집중되었다.

뒤이어 사방의 공기가 지크의 오른손에 모이며 회오리쳤다.

"분뢰(忿雷), 발동(發動)!"

파랗게 달아오른 지크의 안광이 붉은색으로 바뀌고 피부와 옷이 검은 그림자에 휩싸였다.

파프니르의 숨결이 지크를 향해 뿜어졌다.

지크는 그에 맞서 주먹을 쥐고 내달렸다.

지크와 파프니르가 내뱉은 검붉은 광선이 한 지점에서 충돌했다.

오른손의 회오리가 광선을 흐트러뜨렸다.

흩어진 광선은 숲 곳곳에 떨어져 폭발을 일으켰다.

그대로 숨결을 밀어내며 돌진한 지크는 전류가 들끓는 왼쪽 주먹으로 파프니르의 머리를 후려쳤다.

옆으로 크게 꺾인 파프니르의 머리가 땅에 닿았다.

그 사이 지크가 두 주먹을 충돌시켰다.

"육혼이탈(肉魂離脫)!"

그 신호에 맞춰 지크가 만들어낸 두 가지의 힘이 오른손에 집중되어 폭발했다.

지크는 그 주먹을 파프니르의 몸체에 꽂아 넣었다.

파프니르의 몸이 흔들리고 비늘이 튀었다.

지크는 그대로 승부를 보겠다는 듯 계속해서 밀어붙였다.

그러나 파프니르가 눈빛을 번뜩이며 고개를 쳐들고는 턱으로 지크를 내리쳤다.

"빌어먹을!"

뒤로 뛰어 공격을 피한 지크는 검은색의 그림자에서 벗어나 원래의 모습으로 돌아왔다.

파프니르는 숨을 몰아쉬었다.

확실히 정상적인 상태는 아니었다.

그 생체 병기의 꼬리 부위에서 칼날처럼 날카로운 비늘 네 개가 떨어져 나왔다.

그것들이 스스로 의지를 가진 것처럼 빠르게 움직이면서 지크에게 돌진했다.

"좋아!"

비늘 중 하나를 밟고 도약한 지크가 다른 세 개의 비늘을 향해 벼락처럼 떨어졌다.

"참살선풍(斬殺旋風), 참풍진(斬風陣)!"

무문의 거대한 날이 비늘들 사이에서 번뜩였다.

도검을 휘두르는 지크의 모습은 질풍처럼 빠르고 화려했다.

이윽고 강력한 회오리바람이 비늘들을 각각 휘감았다.

그것은 무수한 칼날의 흔적들로 이뤄진 살육의 결정체였다.

잘려 부서지는 비늘들의 옆으로 지크의 모습이 드러났다.

지크는 어깨를 으쓱했다.

"작은 녀석으로 날 상대할 수 있을 것 같아?"

그가 무문을 위로 추켜올렸다.

그의 등판을 노리고 날아오던 비늘이 둘로 쪼개져 좌우로 떨어졌다.

아까 지크에게 밟혀 궤도를 상실했던 녀석이었다.

파프니르가 고개를 쳐들었다.

"쿠오오오오!"

그 생체 병기는 비늘들을 재생시키기 위해 사력을 다했다.

하지만 저주의 영향에서 완전히 벗어나진 못한 탓에 냄새 나는 체액만 쏟아낼 뿐 큰일을 벌이진 못했다.

지크가 오른팔을 앞으로 뻗었다.

"선풍천옥겸(旋風天獄鉗)이다!"

소리친 그는 뭔가를 한 팔로 번쩍 들어올리는 자세를 잡았다.

파프니르의 배 밑에서 흰색의 기류가 원을 그리며 올라왔다.

그 기류는 이윽고 거대한 회오리바람으로 변했다.

파프니르의 신체 조직이 나무뿌리처럼 비어져 나와 땅에 박혔다.

회오리바람에 떠오르는 것을 막기 위한 발버둥이었다.

하지만 지크가 일으킨 회오리바람은 천옥(天獄)이라는 이름에 걸맞게 파프니르를 단단히 가둔 뒤 굉장한 힘으로 밀어 올렸다.

무문을 다시 뽑아든 지크는 회오리바람에 이끌려 올라가는 파프니르를 향해 뛰어올랐다.

주변의 바람이 무문의 긴 칼날에 모여들었다.

그것은 이윽고 거대한 칼날의 형태를 갖췄다.

지크는 자신이 만들어낸 바람의 칼날을 휘둘렀다.

"거신분할(巨神分割)!"

바람의 칼날이 회오리바람 속의 파프니르를 지나쳐 지면을 때렸다.

기압에 눌린 땅이 화산 폭발을 하듯 좌우로 크게 분출됐다.

회오리바람이 사라진 뒤, 둘로 나뉜 파프니르의 육체가 지크의 양옆으로 각각 떨어졌다.

"이야, 여유네."

지크가 무문을 머리 위로 집어던졌다.

그 거대한 도검은 나타날 때와 마찬가지로 바람 속으로 흩어져 사라졌다.

하이엘바인과 케롤이 제법 간단하게 쓰러진 파프니르의 육체들에게 다가갔다.

"저주의 영향이 아직 있네요."

케롤이 냄새를 맡아봤다.

"근데 너무 간단하게 쓰러진 것 아닌가요? 하이엘바인님도 고생하셨다고 들었는데 말이죠."

"음⋯⋯."

하이엘바인은 즉답을 피했다.

"약하던데?"

지크가 뒷머리를 긁적거렸다.

"약했던 것은 분명하지만 이건 너무 의심스러울 정도네요."

"음……."

셋이 똑같은 표정을 짓고 고민했다.

"일단 가져가 보세. 얼러서 가져가면 괜찮겠지?"

"제가 할게요."

케롤이 두 팔을 좌우로 뻗어 파프니르의 육체들을 냉동시켰다.

물론 옮기는 것도 그의 몫이었다.

*　　　　*　　　　*

동이 틀 무렵, 카이리는 자신의 막사를 나와 주둔지를 둘러봤다.

케롤에 의해 엉망이 된 주둔지는 복구를 한다고 했음에도 불구하고 여전히 카이리의 눈에 차지 않았다.

"흠."

짧게 한숨을 쉰 그녀는 낚시 도구를 어깨에 짊어진 뒤 근처의 강을 향해 떠났다.

"오늘은 뭔가 잡힐까나?"

중얼거리는 그녀의 모습에서 블랙테일 부족 족장의 모습을 찾기는 어려웠다.

새벽의 강가는 고요했다.

조용함을 좋아하는 카이리로선 최고의 시간이라 할 수 있었다.

그녀가 낚싯대를 드리운 곳은 주둔지 인근의 작은 강이었다.

물의 흐름도 느리고 수위도 낮아서 고기들이 살아봤자 작은 것들뿐이기에 낚시터로는 그저 그랬다.

하지만 이따금씩 물안개가 꼈을 때의 경치는 제법 볼 만했다.

그녀가 그녀 대신 외부에서 블랙테일 부족을 이끄는 동생들의 걱정을 풀기엔 딱 좋은 곳이었다.

블랙테일 부족은 블랙 드래곤 부족의 일원들 가운데 비밀리에 인원을 차출하여 만들어신다.

복무기간을 채우면 다시 블랙 드래곤 부족의 일원이 되어 일상으로 돌아갈 수 있다.

하지만 귀환한 자들의 대부분은 생활 적응에 실패하여 돌아오거나 이런저런 기밀누설로 인해 숙청된다.

크림슨해머 부족 숙청 사건 이후 블랙테일에게 주어지는

내부 숙청 임무는 거의 사라졌다.

그만큼 정치적으로 안정이 된 덕분이었다.

현재는 외적과 용족 해적에 대한 일을 주로 맡고 있는데, 카이리의 여동생들이 각각 책임자로서 활동 중이다.

카이리는 애용하는 바위 위에 책상다리로 앉고 팔짱을 꼈다.

새벽바람이 그녀의 주황색 머리카락을 부드럽게 흔들고 지나갔다.

시간이 흘러 동이 완전히 트자 주변의 짐승들이 강가로 다가왔다.

낚싯대를 뺀 카이리는 아무것도 들어 있지 않은 통을 들고 그곳을 떠났다.

그녀의 아침은 항상 그랬다.

그런데 오늘은 달랐다.

돌아가는 와중에 그녀의 교신기가 울렸다.

그것은 꽤 낯선 사건이었다.

그녀가 교신기를 귀에 댔다.

"누구지?"

─리오입니다.

"아하, 멋진 오빠."

─오빠는 좀…….

리오가 난감해하자 카이리가 씩 웃었다.

"그래, 무슨 일이지? 파프니르가 나타났나?"

─어젯밤에 파프니르의 시체를 가져왔습니다.

"시체?"

그녀의 표정이 진지해졌다.

"정확히 말해보게."

─저희가 있는 도시의 왕궁 지하에 한 마리가 더 숨어 있었습니다. 추적한 끝에 붙잡아서 시신을 가져왔지만 분석이 어려워서 도움을 청하고자 연락 드렸습니다.

"음, 그래? 좋아. 지금 분석조를 이끌고 가겠네. 시신의 보관은 어떻게 하고 있지?"

─냉동시켜 놓은 상태입니다.

카이리가 고개를 갸웃했다.

"냉동이라고? 파프니르 타입의 시신을?"

─케롤이 그렇게 가져왔습니다만, 걸리시는 점이라도 있습니까?

"음, 아닐세. 그럼 조금 있다가 보세."

─알겠습니다.

카이리는 주둔지로 가는 발걸음을 서둘렀다.

주둔지에는 잠자리에서 방금 일어난 블랙테일 부족 청년들이 복구 작업을 위해 분주하게 움직이고 있었다.

카이리가 주둔지에 들어오자마자 그들이 도구와 자재들을 놓고 그녀 앞으로 뛰어왔다.

"좋은 아침입니다, 족장님!"

"그래, 좋은 아침. 식사 당번은 잠깐 나와봐."

가장 뒤편에 서 있던 남녀 여덟 명이 동료들의 틈바구니를 뚫고 그녀 앞으로 나왔다.

"나와 분석조가 일찍 출발할 일이 생겼어. 너희들은 우리들이 먹을 것을 우선 준비해 줘. 점심에 먹을 것도 부탁해."

"예, 알겠습니다!"

경례를 한 식사 당번들은 식당 건물로 재빨리 뛰어갔다.

한 시간 뒤, 각종 장비를 챙긴 분석조 10여 명과 카이리가 주둔지를 떠났다.

그들의 날개로 황금여우 부족 왕국에 도달하는 것은 순식간이었다.

수인들의 시선을 받으며 도시에 도착한 카이리는 전리품처럼 밖에 놓여 있는 두 개의 얼음덩어리를 목격했다.

그 안에 들어 있는 파프니르의 시체를 확인한 카이리는 인간의 모습으로 변해 지상으로 내려왔다.

분석조 역시 차례로 지상에 안착했다.

리오와 하이엘바인이 그들을 맞이했다.

"어서 오십시오."

"음, 수고했네. 파프니르가 벌써 잡힐 줄은 몰랐군. 드라마 틱한데?"

카이리는 손으로 얼음을 어루만지며 그 안에 든 파프니르의 시체를 감상했다.

"그래, 이 녀석이야. 그런데 누가 잡았나? 자네? 하이엘바인님?"

그녀가 묻자 하이엘바인이 뿌듯하게 웃었다.

"지크가 혼자 잡았다오."

"예? 지크라면 저 친구 말씀이십니까?"

카이리가 잠에서 덜 깬 얼굴로 빵을 씹고 있는 지크를 가리켰다.

"그렇소. 매우 훌륭했소이다. 하지만 리오보다 멋있진 않았소."

"……."

분위기가 좀 이상해졌다.

하이엘바인이 왜 그러냐는 눈으로 카이리와 리오를 둘러봤다.

"흠."

리오가 헛기침을 했다.

"그럼 잘 부탁드립니다."

"그래, 맡겨주게."

블랙테일 부족의 분석조는 케롤의 협조를 받아 얼음의 일부를 녹인 뒤 파프니르의 시신에서 견본을 얻었다.

그들이 시신에 관심을 두는 이유는 파프니르에 대한 정확한 분석을 위해서였다.

왜 그들이 집단으로 눈을 떴는지, 그리고 에너지원으로 삼는 것이 무엇인지 등에 대한 정보가 부족한 관계로 분석은 필수였다.

곧바로 분석조가 주둔지에서 가져온 도구들로 분석 작업에 착수했다.

한편, 카이리는 리오와 함께 노블의 숙소로 가서 어제 마저 듣지 못했던 이야기를 들어보기로 했다.

노블은 리오, 하이엘바인과 함께 자신을 방문한 카이리를 상당히 경계했다.

그것은 용족을 상대하는 일반 생물의 본능적인 공포였다.

"카이리 블랙테일이라 합니다. 황금여우 왕국의 공주님을 뵙게 되어 영광입니다."

노블이 침을 꼴깍 삼켰다.

"그, 그대가 그 공포의 검은색 드래곤이라고 들었소만."

"정확히는 그들의 족장입니다."

대답을 들은 노블이 덜덜 떨었다.

"리, 리오."

하이엘바인과 나란히 앉아 있던 리오가 노블의 부름에 고개를 돌렸다.

"예, 공주님."

"이리 와서 여기 앉게."

그녀가 자리를 비키더니 자신의 자리를 가리켰다.

"무슨 말씀이신지⋯⋯?"

"알았으니 좀 앉게."

리오는 일단 부탁대로 자리에 앉았다.

그러자 노블이 리오를 의자 삼아 그의 다리 위에 자리를 잡았다.

"이제 좀 안정이 되는군."

노블의 얼굴이 밝아졌다.

루이체와 쑤밍의 의자 역할을 자주 했었던 리오는 미적지근하게 웃었다.

리오와 마찬가지로 여동생들을 떠올리며 웃던 카이리는 문득 하이엘바인의 표정을 보고 움찔했다.

하이엘바인은 마치 술을 마시듯 씁쓸한 얼굴로 물을 들이켜고 있었다.

'저 친구, 능력 한번 좋군.'

카이리는 내심 혀를 내둘렀다.

"그럼 몇 가지 여쭙겠습니다, 공주님."

카이리가 물었다.

"그리하시오."

"파프니르가 공주님을 불렀다고 들었습니다. 렘런트라는 생물체들이 쳐들어오기 전에 일이 벌어졌다고 들었는데, 사실입니까?"

"그렇다오."

노블의 표정이 진중해졌다.

"그 힘을 얻은 후 렘런트들이 이 도시에 왔소. 난 사실 그때까지 나에게 어떤 힘이 들어왔는지 전혀 알지 못했소. 그러나 렘런트들이 도시 외부에서 이동하던 행상인들을 마구잡이로 죽였다는 말을 듣고 나 스스로 이 도시와 백성들을 지키기로 마음먹었소."

그녀가 주먹을 꽉 쥐었다.

"우리는 인간을 비롯한 외적이 침략할 때마다 니블헤임에 도움을 요청해야 했소. 우리는 선천적으로 작고 약하며 마법에 대한 소질조차 뛰어나지 않다오. 적들이 작정을 한다면 우리는 큰 피해를 입을 수밖에 없소. 하지만 니블헤임은 우리가 도움을 요청할 때마다 그에 대한 조건으로 세금을 대폭 인상했소."

리오는 노블이 자신과 처음 만났을 당시 왜 도움이 필요없다는 말을 강조했었는지 이해할 수 있었다.

"스스로 도시를 지키는 것에는 성공했지만 피해가 너무 컸소. 사망자가 없는 대신 도시가 너무 많이 부서졌다오. 난 내가 얻은 힘이 두려웠지만 그 힘을 떼어낼 방법은 없었소."

"잘 들었습니다."

카이리는 교신기를 두드려 자신이 지금껏 모은 정보들을 확인했다.

"파프니르와 융합했을 때 특별한 현상은 없었습니까?"

"악몽을 자주 꿨었소."

"어떤 악몽이었습니까?"

노블의 작은 몸이 다시 떨렸다.

"산 채로 해부를 당하는 꿈이었소."

답변을 들은 카이리가 하이엘바인과 리오를 차례로 쳐다봤다.

"너무 생생해서 꿈을 꾼 직후에는 온몸이 아팠소. 그리고 나를 해부하던 자의 이름이 내 머릿속에서 오랫동안 떠돌아다녔다오."

"이름이라면……."

"미미르라는 이름이었소."

하이엘바인이 잡고 있던 컵이 툭 소리를 내더니 부서졌다.

모두가 그녀를 돌아봤다.

"하이엘바인님?"

리오가 그녀를 불렀다.

"미, 미안하네. 송구합니다, 공주님."

"아니오. 괜찮으시오?"

"잠시 나가 있겠습니다."

그녀는 깨진 컵 조각을 깔끔히 걷어올린 뒤 서둘러 노블의 숙소를 빠져나갔다.

묵묵히 교신기를 살피던 카이리가 리오를 보고는 고개를 까딱 움직였다.

"여긴 내게 맡기게."

"송구합니다."

카이리와 노블 모두에게 사과를 한 리오는 곧장 숙소 밖으로 나갔다.

하이엘바인은 문가 바로 옆에 쪼그리고 있었다.

그녀가 제법 멀리 갈 줄 알았던 리오는 한숨과 함께 안도의 미소를 지었다.

"괜찮으십니까?"

하이엘바인은 무릎 위에 감아올린 팔뚝 속에서 고개를 저었다.

"미미르님이… 진짜로 파프니르를 만든 장본인이실까?"

"……."

"그분이 클라라와 스트라케를 그 꼴로 만들어 이 세계에 가둔 장본인이실까? 모르겠네. 정말 모르겠어."

"확인된 바는 없지 않습니까?"

리오가 그녀 옆에 쪼그려 앉았다.

"그리고 만약 사실이라면 조사해야 할 범위가 줄어드는 것이니 오히려 다행일지도 모릅니다. 긍정적으로 생각해 주십시오."

그의 어깨가 자신의 어깨에 닿자 하이엘바인은 눈을 감았다.

그녀는 노블이 왜 리오의 무릎 위에 앉자 안심했는지 이해할 수 있었다.

"난 미래를 살기 위해 이곳에 있는 것일세."

그녀가 고개를 돌려 리오를 봤다.

"그런데 과거가 계속 나를 사로잡는군."

"극복하셔야지요."

"그런가?"

그녀가 다시 고개를 숙였다.

"클라라와 스트라케가 보고 싶네."

그녀의 목소리는 갈수록 작아졌다.

리오가 지그시 웃었다.

"잠시 실례하겠습니다."

"응?"

그녀의 머리에 따뜻한 것이 와 닿았다.

"루이체와 쑤밍은 이렇게 하면 힘을 내더군요."

그가 하이엘바인의 머리 위를 쓰다듬어 주었다.

"이유는 모르겠지만 말이죠."

"으, 으음……."

그녀는 얼굴이 너무 뜨거워 고개를 더욱 들 수가 없어졌다.

그때, 블랙테일 부족의 분석조 한 명이 숙소 쪽으로 뛰어왔다.

"리오님. 족장님을 뵈러 왔습니다."

리오가 천천히 일어났다.

"무슨 일이지?"

"예. 분석 결과가 나왔습니다."

분석조는 긴장하고 있었다.

"저 파프니르의 시신에는 코어가 없습니다."

"코어?"

"동력원이자 두뇌입니다."

"원래 없는 것인가?"

"아닙니다. 흔적은 있었습니다."

그 순간 하이엘바인은 파프니르의 육체로부터 '일부' 가
이탈하는 것을 기억해 냈다.

CHAPTER 26
압도

휀이 '첫 번째' 파프니르를 제거하기 직전.

"비숍(Bishop)이라 부르시오."

인사를 한 자는 큼지막한 후드가 달린 감적색의 망토로 자신을 완전히 가리고 있었다.

그전까지 그는 자신을 '정보원' 이라고 밝혔다.

온갖 정보와 도움을 주면서도 자기 자신에 대한 것만은 철저히 숨기던 그 남자가 비숍이라는 이름으로 자신을 알렸다.

아폴론과 그의 부하는 조금 동요했다.

특히, 아폴론은 대단히 안 좋은 느낌을 받았다.

"주교(主敎)라는 뜻의 비숍이오?"

아폴론은 최근에 익힌 여러 가지 언어들 가운데 가장 발음이 비슷한 것을 골라 그에게 물었다.

신의 능력을 갖고 있는 그가 이 세상에서 사용되는 언어를 익히는 것은 아주 간단한 일이었다.

하지만 그가 신이었던 시절, 그러니까 올림포스가 존재하던 시절과 달리 종족과 세계마다 사용하는 언어가 모두 달랐다.

그렇기에 배움에 투자한 시간은 제법 길었다.

아폴론을 비롯한 네오 올림포스의 구성원들에게 언어를 위한 각종 서적을 가져다준 자가 바로 비숍이었다.

이름의 뜻에 대한 질문을 받은 비숍은 장난치듯 고개를 갸웃갸웃했다.

"의미를 두고 싶진 않지만 아마도 그럴 것이오."

그가 약간의 비웃음을 섞어 말했다.

황색의 터번을 머리에 두른 아폴론의 부하가 맞서 웃었다.

"주교라면 종교에 속한 자인데, 그런 자가 감히 진짜 신 앞에서 고개를 빳빳이 들고 있다니 참으로 민망한 광경이구려."

"나도 매우 민망하오."

비숍이 고개를 조금 더 들었다.

붉은색의 무늬가 박힌 검은색의 가면이 후드의 어둠 속에서 드러났다.

가면에 가득 찬 그 무늬는 새[鳥]의 형상을 한 격자무늬의 집합체였다.

적어도 아폴론의 눈엔 그렇게 보였다.

그는 저런 무늬를 사용하는 종족이나 신족에 대한 기억을 더듬어봤으나 짚이는 바는 없었다.

"민망하긴 해도 내가 모시는 분께서 그러한 이름을 주셨으니 어쩔 수 없지 않겠소? 너무 진지하게 생각하지는 마시오."

비숍이 농담하는 투로 대응했다.

"그보다, 네오 올림포스에서 선발한 영웅이 바로 당신이오?"

"그렇소."

아폴론의 부하가 고개를 끄덕거렸다.

"'오디세우스'라 하오."

"뵙게 되어 영광이오, 오디세우스님이여. 영웅들 가운데 헤라클레스님과 더불어 가장 경험이 풍부한 당신을 뵙게 되니 안심이 되오."

진한 갈색의 콧수염을 기른 사내, 오디세우스는 비숍의 칭송에 가벼운 미소를 지었다.

"헤라클레스님과 비교는 부끄러울 따름이오. 그분과 달리 나는 인간계만을 떠돌았을 뿐이니까."

"겸손하신 모습이 믿음직스럽소."

응답한 비숍은 뒤로 돌아섰다.

그들이 자리 잡은 곳은 리즈 일행이 있는, 그리고 아이기스가 숨겨져 있는 도시가 내려다보이는 산꼭대기였다.

비숍은 경치를 구경하듯 가면 위에 손을 올리고 도시를 살펴봤다.

"아폴론님, 당신이 오디세우스님을 얼마나 믿는지, 반대로 오디세우스님이 당신을 얼마나 존경하고 따르는지 이제부터 알아보겠소."

비숍의 망토 속에서 금속제 장갑을 낀 손이 나왔다.

가면과 마찬가지로 검은색이었고 붉은색의 무늬도 여전했다.

비숍은 그 손으로 리즈의 도시를 다시 가리켰다.

"아폴론님과 아르테미스님은 리즈 스타인에 대해 많은 것을 알고 계시오. 당신은 리즈 스타인과 함께 생활하면서 리즈 스타인의 왼쪽 눈이 아이기스를 억누르고 있는 힘과 큰 연관이 있다는 사실도 아셨을 것이오."

그 얘기를 지금 처음 들었던 오디세우스는 내심 상당히 놀랐다.

섭섭하지는 않았다.

그는 자신의 위치가 아폴론의 일에 왈가왈부할 수 있을 만큼 높지 않다는 사실을 명확히, 그것도 아주 오랫동안 인정하고 충성을 바쳐 온 남자였다.

하지만 아폴론이 왜 쉬운 길을 돌아가려고 했는지에 대해서는 감정적으로 납득하기가 힘들었다.

비숍의 이야기가 계속됐다.

"더불어 클라라라는 이름의 잔재에 대해서도 알게 되셨지만 그것 역시 다른 이들에게 말씀하시지 않으셨소. 왜 그런 중대한 사실을 부하들에게 밝히지 않으셨는지 궁금하구려."

오디세우스는 비숍의 질문을 듣기가 매우 거북했다.

"아폴론님., 아무래도 저 남자와는 다른 자리에서 다시 말씀을 나누시는 것이 좋을 것 같습니다."

"음, 아닐세."

아폴론은 고개를 저었다.

"정직함은 모든 관계의 기본이라네. 이해해 주게."

"예, 아폴론님."

일단 물러나긴 했으나 오디세우스는 비숍이 한 번이라도

더 아폴론에게 무례를 저지른다면 전부 뒤집겠다는 결심을 했다.

비숍은 옷 속에 손을 넣고 주먹을 쥐고 있는 오디세우스를 지나치듯 살펴봤다.

"난 신이었던 자라오. 그것도 이 세상에서 가장 공명정대한 힘인 태양의 빛을 주관하는 자였소."

아폴론이 말했다.

"난 당신의 말대로 리즈 스타인에게 접근했고 그에 대해 조사해 봤소. 얼마 지나지 않아서 그의 힘은 우리 올림포스와 같은 시기에 존재했던 또 다른 신계, 아스가르드와 관계가 있음을 알아냈다오. 하지만 난 그대의 말대로 그 사실을 부하들에게 이야기하지 않았소."

아폴론의 얼굴에 여유 가득한 미소가 떠올랐다.

"그 '시점'에서는 아주 사소한 사실이었지 않소?"

"호오."

비숍의 가면 속에서 짧은 웃음소리가 났다.

"나에게 책임을 돌리시려는 것이오?"

"그대는 신의 하수인들이 정확히 어느 정도의 능력을 가졌는지, 그리고 그들 외에 우리의 일을 방해할 요소가 또 무엇이 있는지 이야기해 준 적이 없소. 만약 진작 이야기해 주었다면 난 리즈 스타인을 만나자마자 일을 처리했을 것이오."

"후후, 후후후후."

비숍의 웃음소리가 점점 높아졌다. 어깨까지 신명나게 들썩거렸다.

오디세우스는 그에게 예절을 강조하고 싶었지만 비숍을 지그시 바라보는 아폴론의 모습이 믿음직스러워 행동을 자제했다.

"확실히, 휀 라디언트의 능력은 계산 밖이었소."

비숍이 웃음을 멈추고 말했다.

"신의 하수인들 가운데 주의해야 할 인물은 휀 라디언트, 바이론 필브라이드, 그리고 리오 스나이퍼…… 아, 지금은 그냥 리오라고 해야겠구려. 아무튼 그 셋뿐이오. 나머지 넷은 아폴론님의 상대가 되지 않소. 그런데 어느 시점부터 휀 라디언트의 힘이 비약적으로 상승했소."

"혼자 말이오?"

"그렇소. 아폴론님의 화살을 맞고도 아주 건강했으니 두말할 나위가 없지 않소?"

아폴론의 표정이 식었다.

"얼마나 강한 것이오?"

"정확히는 오비탈 드라이브라는 기술을 익혔을 때부터 강해졌다오."

"오비탈 드라이브?"

"단순한 기술이 아니라 신기(神技)이고, 어찌 보자면 속임 수라오. 빛의 힘을 이용하여 자신에게 적용되는 모든 시공간 의 법칙을 뒤트는 것이오."

그의 말을 듣고 있던 아폴론과 오디세우스의 안색이 단번 에 뒤바뀌었다.

"그럴 리가 없소! 시공간의 규칙은 창조주급 신만이 건드 릴 수 있는 절대석인 것이오!"

오디세우스가 외쳤다.

비숍이 고개를 옆으로 기울였다.

"난 거짓말은 싫어하오."

"……"

"휀 라디언트가 당장 동원할 수 있는 모든 힘을 발휘하여 파괴하는 데 약 천 년이 소요되는 물체가 있다고 치겠소. 그 런데 거기서 오비탈 드라이브가 적용되면 문제의 물체는 1 초 만에 파괴될 수 있소. 왜 그렇게 되는지 두 분은 아시겠 소?"

아폴론과 오디세우스는 대답하지 못했다.

한참을 기다려 준 비숍은 어깨를 흔들며 웃었다.

"후후. 바로 시간이오. 휀 라디언트는 그 물체의 시간이 1초 흐르는 동안 자신의 시간을 천 년 소비할 수 있소. 그것을 가능케 하는 것이 바로 오비탈 드라이브라오. 신의 하수인들은 기본적으로 불로불사이기 때문에 시간이라는 자원은 힘닿는 데까지 소모해도 문제가 없소. 그런 면에서 오비탈 드라이브는 대단히 두려운 기술이라 할 수 있소."

"그런……?"

"흠, 이래도 내 말이 거짓인 것 같소?"

비숍이 키득거리며 자신의 왼쪽 팔뚝을 툭 쳤다.

"아폴론님은 오비탈 드라이브의 능력을 이미 보셨소. 휀라디언트는 당신의 화살을 맞은 순간 오비탈 드라이브를 발동시켰다오. 그 결과, 해석하여 흡수하는 데 몇 시간이 걸릴 당신의 힘을 단 몇 초 만에 흡수할 수 있었던 것이오."

만약 비숍의 말이 사실이라면 자신은 터무니없는 강적의 칼날 밑으로 유능한 부하 한 명의 목을 들이댄 것이나 마찬가지다.

그리고 그 사실이 퍼진다면 헤라는 틀림없이 자신을 괴롭힐 것이다.

그 생각에 아폴론의 두 팔이 파르르 떨렸다.

비숍이 그에게 가면을 쓴 얼굴을 불쑥 들이밀었다.

"걱정 마시오. 도와드리겠소."

그가 품속에서 두루마리와 비슷한 것을 꺼내 밑으로 펼쳤다.

그러자 그들 눈앞의 공간이 열리면서 네오 올림포스의 본거지가 모습을 드러냈다.

"오디세우스님은 어서 가시오."

호명당한 오디세우스가 움찔하여 비숍을 봤다.

"당신만큼 겸손하고 믿음직한 분들을 최대한 많이 데려오시오. 오비탈 드라이브에 저항할 수 있는 방법은 오로지 물량뿐이라오."

"아, 알았소."

오디세우스는 비숍이 열어준 공간의 문을 통해 본거지로 돌아갔다.

부하의 다급한 귀환을 지켜보던 아폴론은 경계하는 눈빛으로 비숍을 바라봤다.

"그대는, 아니, 그대들은 조직이오?"

"그렇소만?"

"의문이 생기는구려. 왜 그대들이 직접 움직이지 않고 우리들을 돕는 것이오?"

그러자 비숍의 가면 속에서 피식하는 소리가 흘러나왔다.

실소, 또는 비웃음이었다.

"너무 예절을 갖추시는구려."

"뭣이?"

"왜 이용하느냐며 대놓고 질문하셔도 상관없소. 사실이니까."

그의 태도에 격분한 아폴론이 주먹을 불끈 쥐었다.

"신이었던 자의 인내심을 시험하는 것이오?"

"후후후."

비숍은 자신이 열어놓은 공간의 문을 잠시 살핀 뒤 다시 아폴론을 봤다.

"우리가 직접 움직이면 좀 위험하다오. 그리고 당신만 인내심을 가졌다고 생각하지 마시오. 우리도 마찬가지니까."

그가 쓴 가면의 무늬가 빨갛게 빛을 냈다.

"말이 좋아 네오 올림포스지, 그런 오합지졸로 아무것도 할 수 없음을 당신은 잘 알고 있소. 정확하게는 리즈 스타인의 눈이 가진 진짜 힘을 알게 된 직후부터 그랬을 것이오."

"뭐라고?"

정곡을 찔린 아폴론이 눈을 부릅떴다.

"그 눈의 막강한 힘 앞에 남이 만들어준 육체로 그나마 체면을 유지하는 태양신 따위는 아무것도 아니었겠지. 우리가 파악하기로 당신과 아르테미스는 그 눈에 걸려 있는 자물쇠를 39단계까지 해제했소. 물론 거기까지가 한계였지. 그래도 맛보기로는 충분했을 것이오. 아스가르드의 주신, 오딘의 왼쪽 눈은 어땠소? 살짝 느끼는 것만으로도 끝내줬겠지?"

비숍의 말투가 달라졌다.

"당신과 아르테미스 남매는 아까 허세를 부린 것처럼 그 사실이 너무 하찮았기에 입을 다물고 있던 것이 아니야. 그 눈의 힘이 진짜로 발휘되면 무슨 일이 벌어지는지 알아버린 것뿐이지."

비숍은 그를 향해 사뿐사뿐 다가갔다. 고개를 좌측으로 살짝 기울인 채 다가오는 그의 모습이 아폴론의 강건한 몸을 요사스럽게 압박해 왔다.

"그 비겁한 꼬락서니를 보고 우리가 얼마나 실망했는지 아나? 당신들에게 여태껏 들인 시간이 너무 아까워서 토악질이 다 나더군. 주인께선 왜 재활용도 못할 만큼 무능력한 이 쓰레기들을 신계의 밑바닥에서 끌어냈을까? 하고 말이야."

아폴론에게 다가가던 비숍의 발걸음이 멈췄다. 더불어 그의 가면도 다시 원래대로 빛을 잃었다.

"하지만 당신은 유능했소. 그러니 기회를 한 번 더 주도록 하겠소."

"기회라고?"

"명단을 짜오시오. 우리가 거둬들여도 될 만한 자들의 명단 말이오. 정에 이끌려서 마구잡이로 짤 생각은 마시오. 만약 당신이 우리가 짜둔 명단에서 너무 벗어난 결과물을 제출할 경우 당신 역시 정리 대상자에 포함시킬 것이오."

여태껏 맛본 적이 없던 충격과 굴욕감이 아폴론의 시야를 흐릿하게 했다.

신으로서 태어난 이후 이렇게까지 아랫것으로 취급받은 적은 없었던 그였다.

헤라의 경우도 이 정도는 아니었다.

"좋게 생각하시오."

비숍이 키득거렸다.

"당신이 그토록 싫어하는 헤라를 영원히 날려 버릴 기회니까."

그 말에 아폴론의 감정이 흔들렸다.

정말 좋은 기회일지도 모른다는 생각과 비숍이 속한 '조직'에 대한 두려움이 아폴론을 압박했다.

'알아도 너무 많은 것을 안다고 생각했지만……!'

아폴론은 자신들이 어째서 이런 자들과 엮이게 됐는지 알고 싶었다.

"부디 훌륭한 결과물을 보여주길 바라오."

비숍은 자신이 아까 서 있던 자리로 되돌아갔다.

그에 맞추듯 아까 본거지로 향했던 오디세우스가 수많은 장정들을 데리고 돌아왔다.

아폴론이 자신들의 모습을 보고 기뻐할 줄 알았던 오디세우스는 창백한 그의 얼굴을 보고 적잖이 놀랐다.

"아폴론님, 무슨 일이 있으셨습니까?"

"아닐세."

·아폴론이 웃었다.

*　　　　*　　　　*

리즈가 사는 도시는 사실상 자치령이었다.

도시의 기원은 수백 년 전 존재했던 어떤 왕국에서 대륙의 혼란기를 평정하기 위해 만들었던 소규모의 요새였다.

전쟁이 끝난 뒤, 그 요새 인근에 흐르는 강을 중심으로 커지고 커진 것이 바로 지금의 도시였다.

도시의 근본이 된 요새는 도시와 마찬가지로 왕국의 이름이 두 차례 바뀌고 수많은 왕들을 거치면서 지금의 거대한 성이 됐다.

변하지 않은 것은 단 두 가지였는데, 그것이 바로 성과 스타인 가문 저택의 위치였다.

성이 왜 그곳에 있는지 의문을 가진 사람은 없었다.

하지만 스타인 가문의 저택에 대해 의문을 가진 사람은 상당수였다.

큰 부자가 사는 집치고는 너무 외진 곳인데다가 물도 구하기 어려웠다.

그리고 바탕이 된 토양도 좋지 않아서 저택 이곳저곳이 무너지기 일쑤였다.

지금은 무너지는 곳을 지겹도록 보강한 덕분에 옛날처럼 집이 기울어지고 창문이 저절로 깨지는 법은 없었다.

몇 번은 저택에 뭔가 있기 때문에 이주를 하지 않는다는 소문이 돌면서 유명한 도적 몇몇이 저택을 방문하기도 했다.

최종적으로는 저택 지하에 무슨 수를 써도 열 수 없는 장소가 있다는 것이 밝혀졌지만 그에 도전했던 도적들이 하나같이 이상한 악몽에 시달리다가 죽으면서 도적들의 발길도 뚝 끊기고 말았다.

그 비밀을 아는 존재이자 스타인 가문의 주인인 리즈는 가슴 아래에 인형처럼 껴안고 있는 클라라의 투구 위로 한숨을 쏟아냈다.

"하아."

여태껏 그를 지켜준 친구인 클라라는 과자를 먹는 것을 멈추고 그를 올려다봤다.

"전투?"

"응, 아무것도 아니야."

그는 클라라의 투구에 달린 깃을 쓰다듬었다.

리즈와 클라라, 그리고 스트라케는 저택 뒤편의 정원에서 시간을 보내고 있었다.

리즈는 지금 껴안고 있는 그 작은 친구가 언제 봐도 신기했다.

과거의 어느 날, 리즈는 저택의 식구들과 함께 간 휴양지에서 스타인 가문의 재산을 노린 도적들에게 습격을 당한 일이 있었다.

그러나 도적들은 리즈의 신병을 확보하기는커녕 악몽과도 같은 존재와 마주쳐야 했다.

그것이 바로 클라라였다.

엄청나게 커다란 돌격창을 든 장난감 병정이 공기를 박차듯 빠르게 움직이면서 인마(人馬)를 통째로 짓이기는 모습에 도적들은 몸의 세포가 본능에 따라 멎어버리는 감각을 경험했다.

그때 당시 클라라에게 위압당한 것은 그 도적들만이 아니었다.

저택 식구들조차도 클라라가 만들어내는 시체 더미를 보고 꼼짝달싹 못했다.

리즈의 기억 속에는 자신에게 묻은 피와 찌꺼기를 씻기 위해 혼자 강가로 터벅터벅 걸어가는 클라라의 작은 모습이 아직까지도 흉터처럼 남아 있었다.

리즈는 클라라를 껴안은 채 뒤로 눕듯이 몸을 움직였다. 바닥에 엎드려 있는 늑대, 스트라케의 몸통이 털가죽 소파처럼 그를 받쳐 주었다.

리즈의 왼쪽 눈이 희미하게 빛났다.

"이야기할 게 있어, 클라라."

"도련님?"

클라라의 투구에서 목소리가 나왔다.

"저수지에 놀러 갔을 때, 기억나?"

"도적들이 습격했을 때 말씀이신가요?"

"응. 클라라 덕분에 우리 모두가 무사할 수 있었지."

리즈의 평에 클라라의 두 눈이 초승달 모양으로 변했다.

"클라라는 그때 행복했어요."

리즈는 자신도 모르게 정원의 담장 너머로 보이는 다른 집을 봤다.

피곤한 얼굴로 빨래를 매질하는 중년 부인의 모습이 그의 눈에 잡혔다.

"나도 즐거웠어."

리즈는 겨우 그렇게, 마음과는 전혀 다른 말로 이야기를 맺었다.

"라디언트님은 괜찮으실까?"

"믿을 만한 분 같으니 안심하세요, 도런님."

하지만 스트라케의 생각은 달랐다.

"난 마음에 안 들어."

그녀의 한마디에 리즈와 클라라가 스트라케의 머리 쪽을 바라봤다.

"어째서요?"

리즈가 묻자 검은색으로 축축하게 빛나는 스트라케의 코 끝에서 뜨거운 한숨이 나왔다.

"너무 잘난 척을 하잖아? 게다가 하이엘바인님도 녀석을 싫어하시지. 내가 좋아할 이유가 전혀 없어."

그러더니 클라라를 흘끔 봤다.

"넌 어때? 설마 그 녀석에게 흥미가 있는 건 아니겠지?"

"후후, 난 도런님으로 충분해."

클라라가 리즈의 목에 매달렸다. 리즈는 그녀의 딱딱한 투구가 턱과 볼에 닿을 때마다 심하게 아팠지만 그 마음이 너무나 고마웠기에 통증을 꾹 참았다.

"하지만 리오님은 멋지더라."

"흠."

이번에는 스트라케도 별다른 적의를 드러내지 않았다.

"하이엘바인님도 그분께 도움을 많이 받는 것 같고 말이야."

"으음."

스트라케는 말 대신 소리만으로 반응했다. 하지만 리즈의 귀에는 꽤 긍정적으로 들렸다.

"아, 그보다 파프니르에 대해서 들은 적 있니?"

클라라의 질문에 스트라케의 눈빛이 진지해졌다.

"들은 적은 없지만 미미르님께서 직접 손을 댄 생물이라면 꽤 강할 거야. 라그나로크 전쟁 때도 그분께서 동원한 전투 생물 모두가 강력했잖아."

"그렇지."

클라라의 눈빛에 걱정이 올라왔다.

"그런데 말이야, 스트라케."

"응."

"너도 그렇고, 나도 그렇고… 왜 사명이라는 것을 받았을까? 그것도 미미르님께 말이야."

"……."

"오딘님께서 우리를 미미르님께 맡기셨던 걸까?"

스트라케는 이번에도 대답하지 못했다.

일단 궁금한 일이기도 했고, 또 스트라케 자신은 그런 의문이나 생각을 입 밖으로 쉽게 꺼낼 수 있을 만큼 말재주가 좋은 편도 아니었다.

"난 리즈 도련님을 지키는 것이 내 사명이라 생각해 왔어. 앞으로도 그렇게 생각하고 싶은데……."

클라라가 말끝을 잠깐 흐렸다.

"왠지 그게 아닐 것 같아서 두려워."

그 끝맺음에 모두가 말하는 것을 잊었다.

침묵이 계속 이어질 것만 같던 그때, 스트라케가 고개를 번쩍 들고 귀를 쫑긋 세웠다. 클라라도 뭔가를 느끼고 리즈의 품에서 벗어났다.

"뭔가 왔어."

"오다니요?"

"도시 안으로 들어왔어!"

스트라케가 고함을 지르며 벌떡 일어났다.

황색의 터번을 머리에 두른 사내가 리즈와 클라라, 스트라케가 있는 정원 위로 내려왔다.

진한 갈색의 콧수염을 두껍게 기른 그 사내는 리즈를 보며 가볍게 웃었다.

"오오, 그 힘. 아무래도 그대가 문제의 왼쪽 눈을 가진 자인 것 같군."

리즈가 반사적으로 손을 들어 자신의 눈을 덮었다.

'설마, 내가 힘을 써서?'

리즈는 그의 복장을 살펴봤다. 터번은 낯설었지만 그가 아래에 입고 있는 회은색의 갑옷과 각종 장구류, 그리고 검의 형태는 익숙했다.

"네오 올림포스의……?"

"우리를 아나? 하긴, 아킬레우스님께서 당하셨을 때 자네가 그곳에 있었다는 기록을 읽었네. 그렇다면 이야기가 어렵진 않겠군."

터번의 남자, 오디세우스가 말했다.

"난 오디세우스라 하네. 지금은 자네의 눈에 관심이 없으니 안심하게나. 우리가 당장 원하는 것은 휀 라디언트라는 남자야."

그는 리즈의 앞뒤를 단단히 지키는 클라라와 스트라케를 침착하게 살펴봤다.

'신기한 것들을 데리고 있군.'

오디세우스는 미지의 힘이 느껴지는 두 존재를 최대한 경계하기로 했다.

"그는 이 자리에 없는 것 같은데, 어디에 있지?"

리즈는 그의 질문에 대답하지 않았다.

"어이, 리즈."

스트라케가 리즈의 앞으로 걸어나갔다.

"나에게 맡겨. 저 정도는 나 혼자서도 충분해."

오딘의 눈을 이용해 자신의 모습을 바꿔달라는 뜻이었다.

리즈는 머뭇거렸으나 적으로서 나타난 오디세우스가 좋을 대로 하라는 듯 비웃자 마음을 고쳐먹었다.

'클라라도 있으니 괜찮을 거야.'

결심한 리즈의 왼쪽 눈에서 밝은 빛이 터졌다. 오디세우스는 훨씬 더 강력해진 리즈의 힘과 그와 함께 있던 두 존재의 변화를 연구하듯 살폈다.

'비숍의 말대로군. 과연 어디까지 버텨낼 수 있을까?'

아스가르드의 발키리들은 확실히 강하지만 진짜 힘을 일정 시간 이상 발휘할 수는 없다. 비숍의 주의사항이 그것이었다.

오디세우스는 리즈의 왼쪽 눈에서 급속도로 높아지는 힘의 압력을 정확히 감지하며 시간을 쟀다.

이윽고, 스트라케와 클라라가 갑옷을 입은 발키리의 모습으로 돌아왔다.

"오디세우스라고 했나?"

질문한 스트라케의 손에서 널빤지 모양의 기마대검, 다인슬라이프가 솟아올랐다.

그녀가 검으로 정원을 강하게 내리쳤다.

"아스가르드의 발키리, 난동의 스트라케가 네놈을 상대하겠다!"

검이 만든 충격과 그녀의 기합에 저택의 유리창이 부서지며 저택 안팎으로 쏟아졌다.

리즈에게 쏟아지는 유리 조각은 클라라가 방패로 완벽하게 막아주었다.

놀란 저택의 식구들이 정원 쪽으로 급히 달려나왔다.

"도련님!"

가장 먼저 나온 사람은 올리버였다. 뒤이어 마리아, 루파, 도로시가 차례로 모습을 드러냈다.

오디세우스가 웃었다.

"흠. 정말 나를 상대하겠다는 건가?"

"선택권은 없다!"

스트라케가 돌진하면서 다이슬라이프를 움직였다. 기미 전에서 사용하는 검인만큼 움직일 때의 박력과 위압감이 상당했다.

뒤로 살짝 뛰어 검을 피한 오디세우스는 재빨리 검과 방패를 들어 스트라케의 공격에 대응했다.

방패를 보자마자 조금 긴 송곳니를 드러내며 웃은 스트라케는 방패조차 갈라 버리겠다는 기세로 달려들었다.

스트라케의 일격이 오디세우스의 방패 한가운데에 정확히 꽂혔다.

발로 땅을 끌며 뒤로 밀려 나간 올림포스의 영웅은 자신이 미처 중심을 잡기도 전에 벌처럼 달려드는 스트라케를 보고 씩 웃었다.

"훌륭하군!"

그가 외쳤다.

스트라케가 흠칫하여 검을 땅에 꽂았다. 그것으로 이동 방향을 틀어낸 스트라케의 앞길에 네댓 개의 화살이 싸늘하게 박혔다.

오디세우스는 스트라케의 공격을 받아 조금 함몰된 방패를 자신의 검끝으로 슥 긁었다.

"힘을 비축하겠다는 생각으로 기분 좋게 싸웠다간 곤란하겠어. 정말 좋은 실력이야. 하지만 이걸 어쩌지? 난 자네를 상대하기 위해 온 것도, 올림포스의 투사로서 정정당당한 결투를 위해 온 것도 아니야."

스타인 저택과 주변 건물의 옥상, 그리고 지상에 오디세우스와 함께 온 수십 명이 모습을 드러냈다.

옥상에 있는 자들은 모두 활을 들었고 지상에 있는 자들은 창검과 방패로 단단히 무장하고 있었다.

오디세우스가 다시 방패로 자신의 앞을 지켰다.

"나는, 우리 네오 올림포스는 휀 라디언트와 전쟁을 하기 위해 왔네. 쓸데없는 희생까지는 원하지 않으니 가만히 있어 주지 않겠나?"

"으윽……!"

스트라케가 이를 갈았다.

그녀는 네오 올림포스의 화살이 자신뿐만 아니라 리즈를 포함한 저택 식구 모두를 조준하고 있음을 감지하고 있었다.

"이 녀석들!"

함성을 지른 스트라케의 눈동자가 은색으로 사납게 빛났다. 동시에 리즈는 왼쪽 눈을 부여잡고 쓰러졌다.

당황한 클라라가 방패로 리즈를 가린 채 스트라케를 봤다. 어떻게든 그녀를 말리기 위해서였다.

스타인 저택뿐만 아니라 도시 전체가 스트라케의 힘에 진동했다.

그 와중에도 오디세우스는 부하들에게 눈짓을 보내 당황하지 말 것을 지시했다.

'비숍이 거짓말을 한 게 아니라면 고난은 길어야 1분에서 2분 내외겠지. 적당히 교란하면서 시간을 끌면 힘을 최대한 보존할 수 있겠어.'

오디세우스는 상황을 매우 냉철하고 긍정적으로 봤다.

그것이야말로 그가 20여 년간의 긴 방랑 끝에 고향으로 돌아가 왕이 되고 신들의 곁에 설 수 있게 된 원동력이었다.

그 때문일까.

그가 전혀 예상하지 못했던 행운이 그의 눈앞에 떨어졌다.

"아……?"

고함을 지르며 살기를 내뿜던 스트라케가 짧은 신음과 함께 모든 행동을 멈췄다. 오디세우스까지 놀라는 한편, 눈이 부여하는 격통에서 갑자기 벗어난 리즈는 고개를 들고 스트라케를 봤다.

"스트라케님?"

스트라케가 들고 있던 검이 주인의 손에서 벗어나며 사라졌다. 그리고 스트라케는 앞으로 엎어졌다.

"스트라케님!"

리즈가 소리쳤다.

오디세우스는 고개를 갸웃하며 웃더니 옆에 서 있는 부하에게 투창을 건네받았다.

"행운인가, 아니면 운명인가? 신에게 여쭙고 싶지만 하늘은 아직 내가 모시는 신의 소유물이 아니로군."

엎드려 있는 스트라케의 몸에 투창이 날아와 박혔다. 스트라케는 투창의 물리적 충격에 흔들릴 뿐, 특별한 반응을 보이진 않았다.

'스트라케!'

그것이 급소만 겨우 피한 공격임을 아는 클라라는 투창과 방패가 흔들릴 정도로 분노했으나 리즈의 곁을 떠나진 않았다.

여기서 자신까지 돌출행동을 했다가는 무슨 일이 벌어질지 그녀는 잘 알고 있었다.

그러나 오디세우스 역시 그 일을 알고 있었다.

"어차피 이렇게 된 것, 일을 좀 더 간단하게 하면 좋을 것 같군."

그가 왼손을 들고는 손가락을 몇 차례 까딱거렸다.

활을 든 올림포스의 투사들이 클라라를 향해 일제히 화살을 날렸다.

그 화살의 절반 이상은 리즈를 향해 날아갔다.

클라라가 방패로 그것을 바삐 받아내는 사이 덩치가 산처럼 큰 투사 십여 명이 클라라에게 돌격했다.

그들은 궁수들과 달리 오로지 클라라만을 노리고 있었다.

클라라와 투사들이 충돌했다.

'도련님……!'

십여 명과 충돌했음에도 불구하고 클라라는 거뜬히 버텨냈다.

물리력으로만 따지자면 그녀가 스트라케보다 위였다.

그러나 십여 명이 더 오면서 클라라는 리즈로부터 완전히 멀어지고 말았다.

"도련님!"

"클라라!"

리즈가 보는 앞에서 투사들이 클라라를 땅에 눕혔다. 그들은 클라라의 창과 방패도 손에서 빼앗아 내던졌다.

"다시 말하지."

오디세우스가 스트라케의 몸에 박힌 투창을 손으로 쿡 누른 뒤 리즈 쪽으로 걸어갔다. 올리버 등의 저택 식구들이 그를 막아보려고 나서려는 순간 궁수들의 화살이 그들의 앞길을 정확히 막아섰다.

"난 전쟁이 끝나기 전에 전리품을 취하는 성격은 아니야. 또한 쓸데없는 피를 보는 것도 싫어하지. 이 도시가 다시금 엉망이 되는 꼴을 보고 싶나?"

오디세우스의 손이 리즈의 멱살을 단단히 잡았다. 그의 손에 이끌려 강제로 일어난 리즈는 눈을 부릅뜨고 의지를 보였지만 오디세우스는 꿈쩍도 하지 않았다.

"다른 아가씨와 이별하고 싶지 않으면 가만히 있도록 해. 우선 그 눈부터 진정시키라고, 리즈 스타인."

리즈는 어쩔 수 없이 눈을 감았다.

투사들의 손에 짓눌려 있던 클라라의 몸이 다시 장난감 병정의 모습으로 돌아왔다.

눈의 힘을 제거한 리즈는 눈물이 맺힌 시선을 스트라케에게 돌렸다.

'어……?'

힘을 뺐는데도 불구하고 스트라케는 늑대의 모습으로 변하지 않았다.

힘이 빠지는 즉시 사슬로 포박당한 클라라도 이상하다는 눈빛으로 친구를 바라봤다.

그때, 리즈의 품속에서 진동음이 들렸다. 휀이 리즈에게 주었던 비상용 교신기였다.

"뭐지?"

오디세우스가 그의 품을 뒤져 작은 교신기를 빼냈다.

"낯선 물건이군. 어디에 쓰는 물건이지?"

리즈는 어떻게 대답해야 할까 망설였다.

자신에게 연락을 하려는 사람이 휀인지, 아니면 리오인지 알 방도는 없었다.

하지만 둘 중 한 명이라면 지금 상황을 어떻게든 해결해 줄

지도 모른다고 막연하게 생각했다.

"연락을 하는 기계입니다."

"연락? 휀 라디언트인가?"

"그건 모릅니다."

"좋아. 그럼 연락을 해봐. 허튼수작은 부리지 않을 거라 믿겠어."

리즈는 인상을 쓴 채 휀이 가르쳐 준 대로 교신기를 조작했다.

"라, 라디언트님? 리오님? 어느 분이시죠?"

그가 다급히 물었다.

―나다.

차가운 목소리가 들렸다.

"아아, 라디언트님! 스트라케님이……!"

리즈는 스트라케의 이름을 입에 담는 것만으로도 감정을 주체할 수가 없었다.

―침착하라, 리즈 스타인. 어떤 상황인지 보고해라.

다음 순간 오디세우스가 비상용 교신기를 빼앗아 들었다.

"그대가 그 유명한 휀 라디언트인가?"

―신분을 밝혀라.

강한 경계심과 적의를 품은 목소리였다.

"와서 들어라. 네 친구들의 목숨이 아까우면 속도를 내는 게 좋아."

—네오 올림포스의 졸개인가?

"호오, 어찌 알았지?"

오디세우스가 웃었다.

—천박함이 그 증거다.

그리고 툭 하는 소리가 교신기에서 나왔다. 마지막에 들린 '천박함'이라는 말에 쓴웃음을 지은 오디세우스는 더 이상 소리가 들리지 않는 교신기를 리즈의 품속에 다시 넣어주었다.

"이곳으로 올 것 같으니 좀 기다려 보도록 하지. 과연 어떤 남자인지 궁금해지는군."

그는 잔디가 모두 사라지고 흙바닥으로 변한 정원을 거닐었다.

오디세우스가 붙든 것은 클라라가 먹던 과자가 반쯤 들어 있는 종이봉투였다.

그는 봉투에서 과자를 꺼내 입에 물었다.

"맛이 괜찮군. 이 저택에서 만든 건가?"

대답할 기분이 아니었던 리즈는 무시하듯 고개를 옆으로 돌렸다.

"나를 너무 적대하는군. 저 스트라케라는 아가씨 때문인가? 미안하지만 저 아가씨는 내가 창을 던지기 전에 이미 저 상태가 됐어. 피도 흐르지 않잖아?"

"……."

"그럼 휀 라디언트가 올 때까지 재미 삼아 대화나 해보도록 하지. 예를 들어 자네 눈에 대해서라든가."

그가 수염을 만졌다.

"그렇다면 그 대화는 끝이다."

등 뒤에서 갑자기 들려온 목소리에 오디세우스가 급히 돌아섰다.

금색 갈기 머리의 사내가 아이스 블루의 차가운 눈동자로 그를 지켜보고 있었다.

"호오, 휀 라디언트! 자네로군!"

오디세우스는 검을 반쯤 뽑아 들고 있는 휀을 보며 히죽 웃었다.

"별명이 광황이라고 하던데, 그런 대단한 자가 나를 뒤에서 기습할 생각이었나?"

그 순간 건물 옥상과 정원 사방에서 빛들이 연쇄적으로 폭발했다.

오디세우스가 데려왔던 궁수와 투사들 전원이 대리석 가루로 변하여 이리저리 쏟아지고 흩어졌다.

휀이 검을 완전히 집어넣었다.

"답을 대신하지."

"으……."

오디세우스의 안색이 하얗게 변했다.

"다시 목소리를 내봐라, 천박하게."

휀은 표정 하나 변하지 않았다.

쇠사슬에 묶인 채 무력감을 맛보던 클라라는 백일몽처럼 갑자기 벌어진 일들을 똑똑히 기억하고 있었다.

오디세우스가 과자를 집어 드는 것과 동시에 휀의 모습이 사방에서 나타났다.

그것은 빠른 속도나 눈속임이 아니었다.

그 모두가 실체를 가진 휀이었다.

수십 명의 휀이 적들 앞에 각각 자리를 잡고 온갖 자세로 검을 한차례 움직였다.

오로지 휀의 시간만이 움직이는 듯한 모양새였다.

수변에 흩어진 수풀들조차 그의 동작에 반응하지 않았다.

하지만 일격의 파괴력은 과거 아스가르드에서 온갖 적들을 상대해 봤던 클라라조차 섬뜩함을 느낄 만큼 강력했다.

눈으로 직접 봤기 때문에 느낀 것일 뿐이다.

다른 이들처럼 보지 못했다면 클라라 역시 어째서 네오 올림포스의 투사들이 모조리 돌가루로 변해 사라졌는지 알아차리지 못했을 것이다.

'설마 시공간 조작? 하지만 저분은 신이 아닌데?'

클라라가 당황하고 있는 한편, 오디세우스는 자신의 감각 범위를 초월한 휀의 등장에 완전히 압도당하여 아무 말도 하지 못했다.

'이제 마음이 편해지는군.'

오디세우스의 머릿속에 엉망이 되어 돌아온 아킬레우스의 모습이 지나갔다.

'그분은 실수한 게 아니야. 투사답게 전력을 다해 싸우다 패배하셨던 것이군.'

굵은 땀방울이 어느새 축축하게 젖은 그의 목덜미를 따라 내려갔다.

휀은 그를 바라보고만 있었다.

그것만으로 그는 오디세우스를 포함한 저택의 모든 이들을 압도했다.

"영광이로군."

중얼거린 오디세우스가 곁에 있던 리즈를 단단히 붙잡아 자신의 앞에 세웠다.

"휀 라디언트여, 설마 그대가 이렇게 강력한 존재일 줄은 생각지 못했네. 나는 오디세우스. 네오 올림포스의 투사라네."

"으윽……!"

오디세우스는 가느다란 리즈의 목을 손으로 단단히 붙잡았다.

그는 엄지만 까딱해도 리즈의 목을 간단히 부러뜨릴 수 있었다.

휀이 나타나기 전까지 잔뜩 풀어놨던 긴장도 완전히 추스른 상태였다.

"말을 잘못 들었나 보군."

휀이 무시하듯 입을 열었다.

"천박한 목소리를 내라고 했지, 행동을 하라고 한 적은 없을 텐데?"

"아, 인질 말인가? 해할 생각은 없네."

오디세우스가 잔뜩 긴장한 채 싱긋 웃었다.

"난 자네와 전쟁을 하러 왔을 뿐, 이 도시에 피해를 끼치려고 온 것은 아니라네. 자네도 희생자가 발생하는 것은 싫겠지?"

"……"

"후후. 그러니 장소를 바꾸세. 도시 밖으로 나가는 거야. 전쟁을 치르기에 딱 좋은 평원이 펼쳐져 있더군. 거기서 자네와 결판을 내겠네."

"좋을 대로."

오디세우스가 리즈를 붙든 채 저택 밖으로 풀쩍 뛰어올랐다.

건물과 건물을 멀찌감치 밟으며 뛰는 모양새가 꼭 도망치는 것 같았다.

휀은 즉시 그를 쫓지 않고 스트라케가 쓰러져 있는 쪽으로 향했다.

리즈와 멀리 떨어졌음에도 불구하고 스트라케는 발키리로서의 모습을 유지하고 있었다.

스트라케의 상태를 살핀 휀은 그녀의 몸을 꿰뚫고 있는 투창을 뽑아 옆으로 던졌다.

이어서 클라라를 묶고 있는 쇠사슬을 간단히 검으로 끊어냈다.

"클라라님께서는 스트라케님을 돌보십시오."

"저, 전투! 전투!"

클라라가 두 팔을 마구 흔들었다. 그녀는 스트라케도 중요하지만 리즈를 돌보는 것이 자신의 사명이라 외치는 중이었다.

"제 말대로 해주시겠다니, 영광입니다."

그의 딴소리에 클라라가 움찔했다.

휀은 자신을 향해 걸어나오는 저택 식구들을 봤다.

"너희도 이곳에 있도록."

"하지만 도련님의 일입니다!"

올리버가 소리쳤다.

그는 당장에라도 갑옷을 입고 말을 몰아 도시 밖으로 나갈 생각에 몸을 부들부들 떨고 있었다.

"리즈가 잡혔을 때 너희는 무엇을 했나?"

"……."

"분수를 잘 아는 것 같아 보이기는 좋더군."

말을 남긴 휀은 하늘로 솟아올라 리즈가 있는 곳으로 날아갔다.

"라디언트님!"

올리버가 그를 불렀으나 메아리조차 돌아오지 않았다.

오디세우스는 도시 밖 평야의 한가운데에 리즈를 붙든 채 서 있었다.

그의 앞에 착지한 휀은 자신의 검, 플렉시온을 미리 뽑아 들었다.

"전쟁을 시작하지."

휀의 제안에 오디세우스가 고개를 끄덕였다.

"준비는 잘해뒀네. 마음에 들지 모르겠군."

평야 전체에 갑자기 짙은 안개가 깔렸다.

안개 속에서 우렁찬 발걸음 소리가 들렸다.

대부분은 리즈의 저택에 나타났던 투사들이었지만 리즈는 들소의 머리를 한 거인이 발굽으로 땅을 짓이기며 지나가는 모습에 사색이 되었다.

'뭐, 뭐지? 수인인가?'

휀은 자신을 두껍게 둘러싸는 그 들소머리 거인들을 슬쩍 살폈다.

'올림포스의 미노타우르스. 누군가가 빼돌렸군.'

거인, 미노타우르스들이 각종 형태의 도끼와 둔기를 들고 그의 코앞까지 접근해 왔다.

그들의 두껍고 지저분한 피부를 통해 흘러나오는 뜨거운 기운은 차디찬 안개를 순식간에 달궜다.

휀을 완전히 둘러싼 미노타우르스들이 검은색 돌을 연마하여 장식한 것처럼 가지런하게 자라난 이빨을 드러내며 웃었다.

"인간?"

"아킬레우스님을 쓰러뜨린 인간?"

"그분을 이길 때처럼 힘을 한번 발휘해 보시지?"

연갈색의 걸쭉한 침이 미노타우르스들의 입술 아래로 주룩 흘러 땅에 떨어졌다.

"표정 한번 차갑군."

"머리 좋은 척하면서 말로 우리를 놀릴 생각은 하지 마라!"

"우린 머리가 좋아! 둔하지 않다고! 우린 투사야!"

"자, 우리들 중 누구와 대결할 테냐!"

휀은 미노타우르스들의 틈새 사이로 보이는 오디세우스를 흘끔 봤다.

그 네오 올림포스의 영웅은 어쩌겠냐는 듯 빙긋 웃고는 리즈의 목을 살짝 쥐었다.

"지겹군."

그가 말을 던지자 미노타우르스들의 기세가 더욱 등등해졌다.

"우리가 두려운 모양이구나!"

휀의 두 눈에서 황색 빛이 올라왔다.

그가 내뿜는 위압감에 놀란 미노타우르스들은 당황하여 몸을 움직였다.

하지만 그들의 큰 몸집과 근육은 못에 고정된 듯 꿈틀거리기만 할 뿐, 그 어떤 위협적인 움직임도 전혀 보여주지 못했다.

휀은 플렉시온을 들었다.

"그 좋은 머릿속을 열어주마."

가루와 같은 빛들이 그가 있던 자리를 대신했다.

뒤이어 둘로 쪼개진 미노타우르스들의 머리가 땅 위로 요란하게 쏟아졌다.

그 살육을 넋 놓고 지켜보던 오디세우스가 고개를 좌우로 털었다.

"모여 있지 마라! 흩어져!"

대답 대신 검에 잘못 맞아 깨진 미노타우르스의 뿔이 거칠게 허공을 날아와 오디세우스의 어깨를 아슬아슬하게 스치고 지나갔다.

오디세우스와 그의 투사들은 태양신 아폴론의 전성기를 기억하고 있었다.

그는 항상 찬란했고 또한 뜨거웠다.

자신의 존재를 증명하기 위해 불타는 그의 힘은 압도적이면서 잔인하기까지 했다.

그런데 그들의 앞에 나타난 또 다른 빛은 아폴론의 경우와 완전히 달랐다.

화려한 금발과 순백색 코트, 그리고 빛의 힘을 지닌 자라고는 상상하기 힘들 정도로 차가운 눈빛과 기세는 전혀 다른 종류의 위압감을 가지고 있었다.

투사들은 빠르게 줄어드는 미노타우르스들의 목숨과 그들 속에서 반짝거리는 휀의 흔적을 보며 슬슬 뒷걸음질치기 시작했다.

오디세우스는 그 모습을 보고 다시 웃었다.

"이럴 수가."

그가 힘없이 중얼거렸다.

리즈는 자신의 목을 잡은 오디세우스의 손이 심하게 떨리는 것을 느꼈다. 그러나 그는 오디세우스의 마음을 이해했다.

코트에 피 한 방울 묻히지 않고 적을 참살하여 휩쓰는 휀의 모습은 리즈마저 두려움에 빠뜨리고 있었다.

오디세우스는 예상치 못한 적의 강력함에 당혹감을 감추지 못했다.

적은 단순히 아킬레우스를 쓰러뜨리기에 충분한 존재가 아니었다.

이곳에 오기 전에 비숍에게 들었던 대로 신을 탄핵하기에 충분한 존재였다.

'내가 왜 그 말을 농담으로 들었지?'

그는 괜히 여유를 부리며 일을 처리한 자신의 행동을 후회했다.

오디세우스와 그가 처음 끌고 왔던 투사들만으로도 리즈가 있는 도시를 전멸시키는 것은 간단했다.

그들은 올림포스 신들의 총애를 받으며 쉼없이 몸을 단련해 왔다.

영겁의 세월을 지나 네오 올림포스의 일원으로 다시 선택된 그들에게 있어서 인간이란 상대는 즐기면서 싸우기에 충분할 만큼 간단한 존재였다.

그러나 휀 라디언트를 쓰러뜨리고 아폴론과 네오 올림포스의 위상을 드높이자는 그들의 순수한 계획은 휀의 빛에 가려 서서히 의미를 잃어가고 있었다.

"충고를 받아들이는 자세를 가르쳐 드리겠소."

누군가가 오디세우스의 귀에 속삭였다.

반사적으로 어깨를 움츠린 오디세우스는 급히 옆을 돌아봤다.

비숍이 마치 비웃듯 고개를 조금 기울인 채 머리를 가까이하고 있었다.

"비, 비숍?"

"그대로 서 계시오. 그 정도는 할 수 있잖소?"

비숍이 오디세우스의 뒤편으로 숨듯 이동했다.

리즈는 그 가면의 남자가 누구인지 궁금했다.

가면이 신기한 것도 있었지만 일방적인 살육전이 벌어지고 있는 상황에서 아무렇지도 않게 다가와 편하게 얘기하는 점이 더 인상적이었다.

"당신, 신이오?"

비숍이 물었다.

"당신 동료들과 저 짐승들, 신이오? 내가 보기엔 당신이나 누구나 아무도 신이 아닌 것 같은데?"

"큭……!"

가면의 남자가 도발적으로 던지는 질문에 오디세우스의 표정이 안 좋아졌다.

"말했잖소? 저 사내는 신을 사냥하는 게 전문이오. 신 아랫 것들은 아무것도 아니지. 내가 알기로 당신은 꽤 지혜로운 투 사일 텐데 왜 이런 짓을 저질렀소?"

"제길, 어쩌란 말이오!"

결국 오디세우스의 감정이 폭발했다.

"나를 도와주시오."

비숍이 말했다.

"도와달라고?"

검은색 장갑에 덮인 비숍의 손이 오디세우스의 뒤통수를 붙들었다.

"도우라고, 멍청아."

검은색의 빛이 비숍의 손을 타고 오디세우스의 몸으로 흘 러들어 갔다.

"끄으으윽!"

괴이한 신음이 오디세우스의 목청에서 터졌다.

리즈는 그의 손이 느슨해지는 틈을 타 재빠리 옆으로 벗어났다.

비숍은 그러거나 말거나 상관없이 오디세우스의 몸에 힘을 불어넣는 작업을 계속했다.

"쓰레기는 막 태우면 해로운 연기라도 나잖아? 그렇게라도 해보라고."

"이, 이 녀석! 나는 네오 올림포스의……!"

"그래, 오디세우스. 알아."

비숍의 기운이 오디세우스의 발까지 내려갔다.

"네놈들이 무능하다는 사실은 알고 있었지만 이렇게까지 무능할 줄은 정말 몰랐어. 그 무능함에 내 마음이 무참해지는군."

분노가 섞인 중얼거림이 비숍의 가면 속에서 계속 흘러나왔다.

오디세우스의 그림자로부터 비숍의 기운이 튀어나와 사방으로 날아갔다.

뒤이어 비숍의 모습이 스르륵 사라졌다.

묵묵히 적들을 처리하던 휀이 오디세우스 쪽으로 고개를 돌렸다.

검게 물든 오디세우스의 모습 뒤에 뭔가 있는 것이 느껴졌다.

'거슬리는군.'

그때, 도끼를 든 미노타우르스가 괴성을 지르며 그에게 몸을 날렸다.

"쿠억!"

무섭게 떨어지는 도끼의 일격을 가볍게 피한 휀은 발로 미노타우르스의 무릎을 찍듯이 찼다.

대들보처럼 두꺼운 무릎이 반대 방향으로 꺾이면서 미노타우르스가 중심을 잃었다.

쓰러지는 미노타우르스의 목에 플렉시온의 칼날이 들어갔다.

목이 깔끔하게 날아간 미노타우르스는 땅에 엎드린 채 잘린 목구멍으로부터 피를 토해냈다.

휀은 다시 오디세우스 쪽을 봤다.

'저주? 타락? 아니야. 이것은…….'

다른 미노타우르스가 휀에게 돌진했다.

뿔을 앞세운 채 맹렬히 돌진하던 그 짐승이 일순간 공중에서 멈췄다.

그 미노타우르스뿐만 아니라 주변에 있는 존재 모두가 굳게 쥐어진 휀의 왼손에 이끌리듯 허공으로 두둥실 떠올랐다.

그들은 움직이기 위해 애썼지만 소용없었다.

인간을 위압하는 투지도, 바위를 맨손으로 쪼개는 경이적인 물리력도 통하지 않았다.

이윽고 휀이 손을 굳게 쥐었다.

미노타우르스와 투사들의 육체가 그들을 감싼 빛에 뒤틀리고 구겨졌다.

이내 그들은 피를 쏟아내는 걸레 덩어리로 변해 바닥에 쏟아져 내렸다.

상황을 가볍게 처리한 휀은 적들이 아무도 움직이지 않는 것을 느꼈다.

그들 모두가 오디세우스와 마찬가지로 검게 물들고 있었다.

'심상치 않군.'

휀이 그들에게 왼손을 뻗었다.

그 손에서 거대한 빛의 기둥이 뿜어졌다. 그를 대변하는 기술, 광황포였다.

리즈는 오디세우스의 손에서 벗어난 직후 다른 곳으로 뛰었다. 다시 인질로 잡혀 휀을 방해하는 일이 없도록 방지하기 위해서였다.

그러다 그 직후 광황포가 뒤흔든 대기의 충격에 밀려 둥실 떠올랐다.

"으악!"

그는 올리버에게 오랫동안 배운 대로 머리를 두 손으로 감싼 채 땅에 떨어졌다.

어딘가 부러지는 것은 겨우 면했지만 땅이 선사한 통증을 완전히 피할 수는 없었다.

광황포 공격이 끝난 후, 네오 올림포스의 투사들이 서 있던 평야는 먼지가 닦인 가구의 표면처럼 깔끔해졌다.

통증에 눈살을 구긴 채 천천히 몸을 일으키던 리즈가 갑자기 벌떡 일어났다.

"세상에……!"

그는 광황포의 위력이 어느 정도인지 경험해 본 일이 있었다.

휀이 아킬레우스와 싸울 때 발휘했던 그 빛의 포격은 제대로 버틸 수 있는 존재가 세상에 몇이나 될지 의문이 들 정도로 강력한 기술이었다.

그러나 투사들은 대부분 멀쩡했다. 사라진 자들은 검은빛에 물들지 않은, 비숍의 힘을 제대로 받아내지 못한 극소수뿐이었다.

휀은 하늘을 향해 오른손을 뻗었다.

"흥미로워지는군."

휀은 그대로 하늘에 빛을 난사했다.

무기를 든 채 가만히 서 있던 투사들과 미노타우르스들이 그 빛을 따라 하늘을 봤다.

그들을 향해 하늘로 올라갔던 휀의 빛줄기들이 비처럼 떨어지기 시작했다.

맨몸으로 비를 피할 수 없듯 투사들 역시 그 빛의 소나기를 피하지 못했다.

그들에게 떨어진 빛줄기들은 단순히 밀어내기만 하는 광황포와 달리 땅에 떨어지거나 적들의 몸에 닿자마자 막강한 폭발력을 선보였다.

흙과 자갈이 부서지고 땅속 깊숙이 숨어 있던 바위가 위로 솟아올랐다.

리즈는 숨을 죽인 채 그 광경을 바라봤다.

'저 정도라면 괜찮겠지?'

휀이 뿌리던 빛들이 멈췄다.

리즈는 다시금 놀랐다.

투사들이 폭발로 인해 푹 파인 땅속에서 무수히 기어올라오고 있었다.

'라디언트님의 빛이 통하지 않는다고?'

그는 눈앞의 상황이 악몽처럼 느껴졌다.

투사들은 무기를 든 손을 앞으로 내민 채 휀을 향해 터벅터벅 걸어갔다.

근육을 출렁거리며 역동적으로 움직이던 미노타우르스들

도 타다 남은 장작처럼 뻣뻣하게 움직였다.

휀이 숨을 길게 들이마셨다.

"그림자. 그렇군."

그가 오디세우스 쪽을 봤다.

"그곳에 있는 것을 안다. 정체를 밝히도록."

반응하는 것은 검게 물든 오디세우스의 얼굴뿐이었다.

"휀 라디언트!"

오디세우스가 방패와 검을 들고 뛰어올랐다.

"으아아아!"

원시적인 함성을 지른 그의 양팔이 허공에서 재빠르게 교
차했다.

방패 모양의 빛과 칼날 모양의 빛이 휀을 향해 동시에 날아
왔다.

몸을 돌려 그 두 개의 기를 피한 휀은 몸을 옆으로 꺾으면
서 플렉시온을 위로 들었다.

강철 소리와 함께 그의 몸에 큰 압력이 들어왔다.

오디세우스가 검과 방패로 그를 찍어 누르고 있었다.

"죽이겠다! 하하하하!"

오디세우스는 이미 제정신이 아니었다.

육체 또한 그랬다. 그가 상체를 고정시킨 채 하체를 돌려
발차기를 시도했다.

허리의 한계를 완전히 벗어난 괴이한 움직임이었다.

움직임뿐만 아니라 속도도 휀이 가늠했던 것 이상이었다.

발끝이 휀의 코트 깃을 스쳤다.

네오 올림포스 입장에선 오늘 처음으로 성공한 공격이었다.

물러나면서 공격을 피한 휀의 머리 위로 방패가 지나갔다.

그 방패의 손잡이에는 고무줄처럼 늘어난 오디세우스의 팔이 달려 있었다.

방패가 휀의 머리를 향해 휘어져 들어왔다.

검으로 공격을 막아낸 휀은 즉각 왼손으로 광황포를 쐈다.

광황포의 빛이 오디세우스를 완전히 덮쳤다.

그 두꺼운 빛줄기는 하늘을 가로질러 뻗어나가 저 멀리 자리 잡은 산의 꼭대기를 날렸다.

오디세우스는 그 광황포의 줄기를 헤엄치듯 빠져나와 휀에게 돌진해 들어왔다.

어깨와 팔, 그리고 몸의 일부를 잃었지만 오디세우스의 저돌성은 전혀 가시지 않았다.

검을 든 휀의 손끝에 힘이 실렸다.

플렉시온의 칼날이 오디세우스의 남은 무기인 방패를 쪼개고 팔을 잘랐다.

오디세우스는 그 상태로 달려갔다.

훼에게 달려가는 그의 모습은 빈틈 그 자체였다.

신들을 찬양하며 단련한 검술과 체술은 온데간데없었다.

플렉시온이 오디세우스의 가슴에 박혔다.

칼자루에서 손을 뗀 훼은 주먹을 굳게 쥐었다.

장갑의 손등에 광황의 인장이 노랗게 올라왔다.

인장으로 빛나는 훼의 두 주먹이 오디세우스의 턱을 좌우에서 강타했다.

훼은 왼손으로 검을 잡으며 오른쪽 주먹을 오디세우스의 광대뼈에 박아 넣었다.

오디세우스의 터번이 날아가고 두상 전체가 찌그러졌다.

반대편 피부가 터지면서 검게 변한 대리석의 가루와 뼛조각이 튀었다.

그 일격에 뒤로 날아가는 오디세우스의 전신에서 훼이 박아 넣은 빛의 문장이 빛났다.

"그아아아!"

오디세우스의 비명과 함께 달아오른 문장이 거세게 폭발

했다.

상반신이 날아간 채 공중으로 튕겨 올라간 네오 올림포스의 영웅은 망가진 장난감처럼 낙하했다.

멀리서 전투 상황을 지켜보던 리즈는 감탄을 아끼지 않았다.

"라디언트님, 저렇게나……!"

그러나 휀은 고개를 갸웃거렸다.

그의 냉랭한 시선 속에서 오디세우스가 온전한 모습을 되찾으며 일어났다.

"시시하구나!"

그가 미친 듯이 웃었다.

휀의 입에서 처음으로 한숨이 터졌다.

'복합 주술.'

그는 오디세우스의 몸에 작용하고 있는 주술들의 수와 종류를 분석해 봤다.

'시공간 역행과 불멸, 불사를 제외한 모든 주술이 걸려 있군. 나눠서 따지자면 신들의 발끝에도 못 미치지만 조합 수준은 신을 넘어서고 있다.'

상황을 따져 본 그는 플렉시온을 오른손에 다시 굳게 쥐었다.

'대체 적은 누구지?'

오디세우스도 검을 손에 쥐었다.

"오너라! 훼n 라디언트!"

훼n은 오디세우스에게 달려들며 검을 움직였다.

황색의 환한 검광이 플렉시온의 칼날을 따라 움직이다가 갑자기 멈췄다.

검은색의 검이 플렉시온을 막아서고 있었다.

그 검은 곧바로 파괴됐지만 훼n은 공격을 중단하고 물러났다.

오디세우스의 주변에는 엄청난 숫자의 검들이 깔려 있었다.

'네오 올림포스의 검술이 아니야.'

훼n은 지금 오디세우스가 사용하는 그 기술을 알고 있었다.

'선신계 수호신, 천수천안관세음(千手千眼觀世音)의 일천검(一千劍).'

그의 눈 밑이 꿈틀했다.

'올림포스와 전혀 관계없는 힘인데, 왜?'

그에 대한 진실은 비숍이 알고 있었다.

'궁금한가 본데, 별거 아냐. 내가 아는 기술이거든.'

비숍이 땅에 웅크려 앉았다.

'어떻게 맞서 싸울지 궁금하군. 오비탈 드라이브를 쓰면

좋겠지만.'

오디세우스가 띄운 검은 휀이 한 개를 파괴한 덕분에 현재 999개였다.

그 검들이 메뚜기 떼처럼 오디세우스의 주위를 돌아다니는 모습에 리즈는 신음 소리조차 내지 못했다.

"번거롭군."

휀이 왼손을 꽉 쥐었다.

그에 맞춰 대형 빛의 고리가 그의 등 뒤에서 환하게 떠오르고 그의 눈이 황색으로 빛을 냈다.

CHAPTER 27
창염

GodsKnight R

이상 현상은 그것만이 아니었다.

휀의 주변에 빛들이 하나둘씩 맺히더니 당장 눈으로 셀 수 없을 만큼 많은 수의 검들로 변했다.

비숍이 외통수에 걸린 사람처럼 손으로 가면의 위쪽을 쳤다.

'리젼(Legion)! 언제 저걸 익혔지?'

휀이 왼손을 오디세우스에게 뻗었다.

그가 빛으로 만들어낸 10만의 검이 오디세우스와 그의 검들을 폭격하여 순식간에 밀어냈다.

일천검을 잃고 알몸이 된 오디세우스에게 휀의 칼끝이 빛의 입자를 뿌리며 박혔다.

"크윽!"

플렉시온의 칼날에 오디세우스의 가슴이 꿰뚫렸다.

그때의 소리가 왠지 날카로웠다.

비틀거리는 오디세우스를 냉혹하게 노려보며 검을 뽑은 휀은 왼손을 그의 상처 속에 집어넣었다.

빛의 아지랑이가 그의 몸에서 타올랐다.

휀이 신을 탄핵하고 소멸시킬 때 사용하는 기술, 레퀴엠의 빛이었다.

'음, 지금은 아니야.'

구경하던 비숍의 가면 무늬가 빨갛게 빛났다.

레퀴엠의 막대한 에너지가 선사하는 고통에 비명을 지르던 오디세우스의 입에서 검은색의 빛이 왈칵 터졌다.

그 빛은 입뿐만 아니라 상처에서도 분수처럼 터졌다.

그리고 그 빛은 레퀴엠의 힘을 삽시간에 집어삼켰다.

휀은 손을 풀고 오디세우스로부터 떨어졌다.

오디세우스의 몸이 경련하듯 부르르 떨렸다.

"새로운 힘이 넘친다!"

"그런가?"

휀의 등 뒤에서 다시금 빛의 고리가 떠올랐다.

그 고리 주변에 수많은 문장들이 기하학적으로 떠올랐다.

그 가지각색의 문장들은 현재의 신계에 존재하는 상급 빛의 신들의 인장(印章)이자 오비탈 드라이브의 개시 신호였다.

"누군가가 이것을 꼭 보고 싶어하는 것 같군."

오디세우스의 복부에 휀의 오른손이 한 번 박혔다.

그의 등에서 빛나는 후광이 주위를 소멸시키는 게 아닐까 싶을 정도로 찬란하게 타올랐다.

비숍이 고개를 끄덕거렸다.

'그래, 사용해 봐라, 오비탈 드라이브를!'

빛이 갑자기 꺼지고 오디세우스의 육체가 툭 터졌다.

시작의 찬란함이 거짓말 같을 정도로 멋이 없는 광경이었다.

허망하게 그 광경을 바라보던 비숍이 이내 키득거렸다.

'니를 정말 즐겁게 만들어주는군. 좋아, 실릴 때까지 싸워봐라. 휀 라디언트!'

그의 가면 무늬가 다시 빛났다.

타박타박 움직이던 투사들과 미노타우르스들이 오디세우스처럼 마구잡이로 휀에게 돌진했다.

플렉시온의 칼날이 황색으로 달아올랐다.

휀은 그 상태로 검을 움직여 원형의 빛을 만들었다.

그가 만든 빛의 고리가 파도처럼 퍼져 적들을 자르고 밀쳤다.

기습을 막아낸 휀은 왼손을 머리 위로 들었다.

리즈는 휀이 허공을 향해 광황포를 쏘자 적잖이 당황했다.

'어째서?'

그때 그의 왼쪽 눈이 찌릿 울렸다.

[엎드려.]

휀의 목소리가 왼쪽 눈을 타고 그의 머릿속에 퍼졌다. 정신감응이었다.

리즈는 미노타우르스들의 피로 진흙탕이 된 땅에 바짝 엎드렸다.

휀이 쏘아올린 빛의 기둥이 거대한 검이 되어 땅을 내려쳤다.

광황포에 깔려 버린 적들이 그 고압의 광선 속에서 허우적거리다가 사라졌다.

비숍이 화들짝 놀라 일어났다.

'호오.'

광황포의 빛은 아직 사라지지 않았다.

그렇다고 끝없이 뻗어나가지도 않았다.

휀은 지금 사용하고 있는 빛을 둔기로서 이용할 수 있게끔 성질과 흐름을 완벽하게 조절하고 있었다.

휀이 그 상태로 몸을 돌렸다.

빛줄기가 롤러처럼 땅을 긁고 밀었다.

그 안쪽에 있는 적들도 마찬가지였다.

미리 그 범위에서 빠져나간 비숍은 천천히 사라지는 빛줄기를 묵묵히 감상했다.

'빛을 흡수할 수 있도록 놈들의 육체를 조작해 놨더니 아예 물리적으로 두드릴 수 있도록 성질을 바꿨군. 진심으로 무서운 녀석이야.'

비숍이 오른손을 들었다.

'그렇다면 다시 장난을 쳐주지.'

땅을 내려친 비숍의 손을 중심으로 검은색의 전류가 퍼졌다.

그 전류에 맞은 자들의 색깔이 검은색에서 붉은색으로 바뀌었다.

휀은 전류가 터진 지점을 향해 플렉시온을 움직였다.

날카롭게 다듬어진 빛의 충격파가 그 지점을 휩쓸고 지나갔다.

상황은 그대로였다.

'놓쳤나?'

그는 아직까지도 적들의 틈바구니 속에서 수작을 부리는 존재, 비숍을 자신이 왜 감지하지 못하는지 궁금했다.

'내가 모르는 은신술이라.'

짜증을 가라앉히기 위해 눈을 감은 휀은 뒤로 한 발 물러났다.

비숍에 의해 색이 바뀐 적들 중에 한 명이 그가 있던 자리를 헛쳤다.

'전부 다 재기하면 되겠지.'

휀은 가장 가까이 다가온 적을 검으로 시험 삼아 가볍게 쳐 봤다.

그 붉은색의 투사는 빛이 섞이지 않은 플렉시온의 칼날을 몸 밖으로 아주 간단히 통과시켰다.

물을 베는 듯한 느낌에 확신을 가진 휀은 칼날에 빛을 실어 공격해 봤다.

그 공격은 훌륭하게 먹혔고 투사는 대리석 가루로 변해 사라졌다.

비숍은 고개를 가로저었다.

'이건 내가 생각해도 좀 조잡하지만 어쩔 수 없겠어.'

그가 발로 땅을 찍었다.

비숍이 개입하기 전에 휀의 손에 죽었던 미노타우르스들의 시체가 다른 이들과 마찬가지로 붉게 변하면서 일어났다.

휀은 언데드 미노타우르스들을 보고 불쾌해했다.

"저렴한 수작이군."

플렉시온의 황색 검광이 미노타우르스들과 투사들을 덮쳤다.

비숍은 이제 자신의 꼭두각시가 된 미노타우르스와 투사들의 육체 속성을 바꾸기 위해 땅에 손을 댔다.

그의 힘은 발동되지 않았다.

언데드 미노타우르스들과 투사들은 휀이 날렸던 검광에 베이지 않고 갇혀 있었다.

적들 모두를 그렇게 감싸 버린 휀은 검을 잠시 내리고 호흡을 조절했다.

땀이 그의 이마에 맺혀 있었다.

휀의 체력은 한계에 가까울 만큼 소모된 상태였다.

오비탈 드라이브는 어느 상황에서나 적용할 수 있을 만큼 편리하고 강력한 기술이다.

하지만 신이 일으키는 기적에 가까운 행동이기 때문에 상당한 에너지를 요구했다.

그런 큰 기술을 벌써 세 번이나 쓴 것도 부족해서 빛의 에너지를 적의 속성에 맞춰 컨트롤해야만 했다.

그것은 물을 얼렸다가 녹이는 것보다도 어려운 일이었다.

엄청난 피로가 휀을 괴롭혔다.

그 순간을 바라던 비숍은 막상 고뇌에 빠져 있었다.

'이 녀석들은 포기해야겠군.'

그는 자신의 노예들에게서 시선을 떼고 휀에게 집중했다.

'지금 내가 직접 나설 수는 없어. 우리의 존재를 녀석이 알아버리면 귀찮아진다고.'

그가 고개를 기울였다.

'하지만 지금이야말로 녀석을 잡을 절호의 기회야. 시공간 왜곡 단계까지 오른 녀석을 정면 승부로 이기는 건 어렵거든.'

비숍은 주먹으로 이마를 쿡쿡 때렸다.

'음, 아니야. 좀 더 효율적으로 생각해야 해.'

비숍이 리즈 쪽으로 관심을 돌렸다.

'차라리 저 녀석을 건드릴까?'

그때, 휀이 펼치고 있던 주먹을 꽉 거머쥐었다.

미노타우르스들과 투사들을 가두고 있던 플렉시온의 검광이 폭탄으로 변해 그들을 갈가리 찢었다.

폭음에 놀란 비숍이 움찔했다.

'아, 제기랄. 난 생각이 너무 많아.'

비숍은 로브 안쪽에서 손바닥 크기의 회중시계를 꺼냈다.

'할 수 없지. 아폴론이 나를 지켜보고 있는 만큼 실력 발휘를 좀 해야겠어.'

이윽고 그가 위장을 걷고 휀 앞에 모습을 드러냈다.

휀은 자신의 감지 범위 안에 갑자기 나타난 비숍을 응시했다.

'저자인가.'

비숍이 획 사라졌다가 휀으로부터 다섯 걸음 정도 떨어진 장소에 나타났다.

"여태껏 이상한 놈들을 상대시켜서 매우 미안하군."

휀이 왼손을 그에게 뻗었다.

광황포의 불빛이 서슴없이 비숍에게 날아갔다.

빛줄기가 사라진 후, 비숍이 공간의 틈새를 비집고 힘겹게 나왔다.

"위험하잖아? 나에 대한 정보를 먼저 습득하는 게 우선 아닌가?"

휀의 플렉시온을 중심으로 대기가 진동했다.

"어라."

비숍이 고개를 옆으로 기울였다.

플렉시온의 빛이 황색에서 청백색으로 변했다.

비숍은 자신을 억누르는 상대의 기세에 놀랐지만 특별히 대처를 하진 않았다.

검에서 발산되는 힘에 휀의 금발과 코트가 나부꼈다.

주변에 있는 시체 조각들이 순식간에 산화되어 사라졌다.

휀은 검끝을 비숍의 가슴 쪽에 맞췄다.

"정보는 시체만으로 충분하다."

"그 정도의 공격에 남아나는 시체가 있을까?"

반문하는 비숍의 눈에 무서운 기세로 밀려들어 오는 휀의 왼손이 보였다.

가슴을 상대의 손에 관통당한 비숍이 사지를 사방으로 쭉 뻗었다.

"윽!"

그는 저항하려 했지만 휀의 손을 타고 자신에게 흘러들어 오는 힘이 너무 강력하여 아무 행동도 하지 못했다.

"다시 말하지. 살점 하나만으로도 충분해."

휀은 동작 불능이 된 비숍으로부터 손을 뽑고 뒤로 물러났다.

비숍의 로브와 가슴에 난 구멍에서 강력한 빛이 분출되었다.

적당한 장소에 자리를 잡은 휀은 양팔을 교차한 채 눈을 감고 힘을 모았다.

그사이 비숍의 가슴에서 난사되던 빛이 거대한 고리의 형태를 갖췄다.

그 고리에 갇히게 된 비숍은 꿈틀꿈틀 발버둥쳤지만 휀은 어느덧 준비를 마치고 플렉시온을 휘둘렀다.

플렉시온을 따라 그려진 두 번의 섬광이 비숍의 몸뚱이 위에서 십자가 모양을 만들었다.

빛의 고리 위에 더해진 그 형상은 휀의 장갑에 찍힌 광황의 문장과 동일한 형태를 이루고 있었다.

휀은 문장에 갇힌 비숍을 보며 물러났다.

"신이 죽을 때의 기분을 잠시나마 느끼도록."

저 멀리서 구경하던 리즈가 다시 납작 엎드렸다.

천지를 진동시키는 폭발과 세상 모든 것을 정화시킬 기세의 빛이 비숍의 몸속에서 터졌다.

휀이 잠시나마 모아놨던 힘으로 발동시킨, 제대로 된 레퀴엠이었다.

모든 것이 끝나고 주위가 잠잠해지자 리즈가 고개를 들었다.

"아, 위험했어."

리즈의 목소리가 덜덜 떨렸다.

일이 끝난 줄 알고 안심하던 그의 표정이 서서히 경직됐다.

비숍이 옆으로 약간 뒤틀린 가면을 고쳐 썼다.

그 외에는 피해를 입은 흔적이 보이지 않았다.

"레퀴엠. 듣던 대로군. 신들은 이런 것을 맞고 죽는다 이거
지?"

그가 도발적으로 자신의 가슴을 만졌다.

"실망이야."

비숍의 로브 속에서 검은색의 물체가 쓱 튀어나갔다.

그것은 손톱이 흉기처럼 길게 늘어난 그의 손이었다.

그 공격을 검으로 받아낸 휀은 뒤로 한 걸음 물러났다.

힘에서 밀린 것이다.

"하지만 강한 것은 인정해야겠어. 그러니 제대로 요리해
주지."

손톱으로 자신의 가면 위를 슥 긁으며 소리를 낸 비숍은 발
차기를 휀에게 날렸다.

사실상 휀의 싸움은 그때부터였다.

비숍의 공격은 매서웠다.

빠른 속도와 무기에 맞지 않게 막강한 파괴력이 적절히 조
화된 공격이었다.

게다가 정교하기까지 해서 휀도 비숍의 손을 완벽히 피하
진 못했다.

"움직임이 좋은데?"

감탄한 비숍이 필요 이상으로 강하게 손톱을 움직였다.

네 줄기의 충격파가 휀이 있던 자리를 시작으로 도시 정문

근처까지 쭉 이어졌다.

옆으로 피한 휀은 본능적으로 검을 들었다.

비숍이 손톱 사이에 검을 끼우고 옆으로 뒤틀었다.

휀은 검을 앞으로 밀쳐 비숍에게 위협을 가했다.

비숍은 피하면서 휀의 머리 쪽으로 손톱을 다시 휘둘렀다.

급히 그를 발로 차서 밀어내긴 했지만 휀의 이마엔 손톱이 스친 상처가 길게 나고 말았다.

"이런, 이런."

비숍의 가면에 새겨진 무늬가 붉게 달아올랐다가 곧장 식었다.

"흥분할 뻔했잖아?"

그가 다시 연속적으로 공격을 퍼부었다.

비숍과 휀의 공격이 다시 엇갈려 정체되었다.

그 시점에서 휀의 코트는 넝마가 되어 있었다.

"많이 지친 얼굴이군."

휀의 턱 밑에는 땀이 고여 있었다.

"이제 끝내볼까? 난 사실 손톱으로 남을 공격하는 것엔 익숙지 않거든."

"끝내지는 말에는 동의하지."

휀의 온몸에서 빛의 입자가 올라왔다.

비숍은 충분히 대응할 수 있는 공격일 것이라 생각했다.

하나 다음 순간 정신을 차렸을 때 그의 머리는 땅바닥을 긁고 있었다.

"으윽!"

비숍은 경악했다.

'야단났군.'

휀의 플렉시온이 비숍의 몸을 난타했다.

플렉시온이 남기는 황색 검광과 비숍의 검은색 로브 조각이 뒤섞여 하늘로 날았다.

'오비탈 드라이브다!'

비숍은 휀의 이동과 공격을 전혀 느끼지 못했다.

검끝으로 비숍을 찔러 저 멀리 날려 버린 휀은 플렉시온을 칼집에 넣었다.

그의 앞쪽에, 그리고 쓰러진 비숍의 사방팔방에 크고 작은 빛의 문장들이 떠올랐다.

휀은 눈앞의 문장을 향해 광황포를 난사했다.

광황포가 문장에 빨려 들어가는 것과 동시에 비숍을 정조준하고 있는 다른 문장들로부터 빛들이 쏟아져 내려왔다.

레퀴엠이 발동했을 때에 뒤지지 않는 폭음과 섬광이 도시 앞 평원을 엉망으로 만들었다.

광황포 한 발을 마저 쏜 휀은 플렉시온을 다시 뽑아 들고 문장 안으로 돌진했다.

지금의 일격으로 끝장을 내기 위해서였다.

휀은 눈을 한차례 깜박했다.

자신이 플렉시온을 든 채 멀쩡히 서 있음을 느낀 그는 자신이 조절한 검광에 갇혀 허우적거리는 언데드 미노타우르스들과 투사들의 모습을 보고 눈을 가볍게 찡그렸다.

'이 느낌은……?'

강력한 이질감이 그의 신경을 불쾌하게 만들었다.

고민을 해볼까 했던 휀은 플렉시온으로 만든 검광의 감옥이 급격히 약해지는 것을 느끼고 생각을 바꿨다.

그는 펼치고 있던 왼손 주먹을 꽉 거머쥐었다.

미노타우르스들과 투사들을 가두고 있던 플렉시온의 검광이 폭탄으로 변해 그들을 갈가리 찢었다.

산 위에서 그 광경을 지켜보던 태양신, 아폴론은 자신의 눈을 믿을 수 없었다.

"분명 휀 라디언트와 비숍의 싸움이 있었는데?"

"아, 별것 아니오."

그의 옆에서 비숍의 목소리가 들렸다.

비숍은 손에 들고 있던 회중시계를 로브 안쪽에 다시 넣었다.

"잠시 시공간을 왜곡해 봤소. 죽을 뻔하기도 했지만."

그가 키득거렸다.

"아무튼 이제 아셨을 것이오. 내가 준 기회를 잘 잡지 않으면 당신은 저 괴물들에게 그냥 사냥당하다가 끝날 거요."

"……."

"일주일의 기한을 주겠소. 그 후에 봅시다."

비숍은 로브에서 두루마리를 다시 꺼내 펼쳤다.

아까처럼 공간이 열리고 네오 올림포스의 본거지가 나타났다.

"혼자 가시기 외로울까 봐."

그의 행동에 아폴론은 공허한 미소를 지었다.

아폴론이 공간의 문 너머로 사라진 후, 두루마리를 접은 비숍은 가면 위를 긁적거렸다.

"나야말로 혼쭐이 나게 생겼군."

혀를 연달아 차는 소리가 가면 속에서 들렸다.

그는 평원에 있는 퀸을 봤다.

"저 녀석은 대체 왜 저렇게 센 거지? 힘도 다 빠진 상태라 문제없이 끝낼 수 있을 줄 알았는데 오히려 내가 도망치도록 만들다니, 완전히 괴물이군."

가면의 무늬가 숨 쉬듯 붉게 빛났다.

"하기야 리오 스나이퍼도 견적 이상의 힘을 발휘했었지."

무늬의 빛이 더욱 강해졌다.

"그럼 다시 보자고, 퀜 라디언트. 후후후후."

비숍의 모습이 공간의 균열 사이로 자연스럽게 사라졌다.

한편, 인근에 적이 없음을 확인한 퀜은 리즈가 있는 곳으로 걸어가면서 방금 전 자신이 느꼈던 이질감에 대해 생각해 봤다.

'분명 무슨 일이 있었어.'

그는 교신기를 들어 현재 세계의 좌표와 중력 수치, 시간 등을 확인해 봤다.

모두 정상이었다.

이상한 점은 그 자신의 기분뿐이었다.

그는 아직도 바닥에 엎드린 채 자신을 바라보고 있는 리즈와 시선을 맞췄다.

'뭔가 봤을까?'

리즈 앞에 그가 섰다.

"위험은 끝났다. 일어나도록."

그러자 리즈가 멋쩍게 웃었다.

"팔다리가 풀려서……."

휀이 보여준 싸움은 대단히 압도적이었다.

리오가 싸우는 모습도 충격적이었지만 휀은 그와 비교해서도 격이 다른 것 같았다.

그만큼 리즈가 받은 위압감도 컸다.

그 기운에 본능적으로 저항하다가 긴장이 풀리고 팔다리의 근육이 말을 안 듣는 것은 그다지 이상한 일이 아니었다.

휀은 그의 옷을 잡고 위로 쑥 들어 올렸다.

리즈의 다리가 아래로 향하자 그는 옷을 잠깐 놔봤다.

리즈는 여전히 다리에 힘을 넣지 못하고 주저앉았다.

한숨 소리가 휀의 입 밖으로 나왔다.

"할 수 없군."

휀은 리즈를 두 팔로 안아 들었다.

리즈는 기분이 이상했다.

'우와아.'

오딘의 눈 때문에 리즈의 육체는 남자였지만 마음까지 남자인 적은 없었다.

그래서 올리버도 여태까지 리즈와 함부로 신체 접촉을 하지 않았다.

리즈는 자신도 모르게 두 팔로 몸을 감싸듯이 했다.

그러면서도 시선은 휀의 매끈한 턱 선에 두었다.

근육질이 두드러진 리오와 달리 선이 뚜렷한 그의 모습은 리즈를 가볍게 흥분시켰다.

"묻고 싶은 것이 있군."

"예? 마, 말씀하세요."

"혹시 나에게 이상한 점이 있었나?"

"제 입장에선 다 이상합니다만……."

휀의 눈썹이 까딱 움직였다.

"아, 그, 그러니까……! 전부 신기하다는 뜻이었습니다!"

"그렇군."

리즈에게 도움을 받을 수 없을 것이라 생각한 휀은 공중으로 슬며시 떠올랐다.

땅에서 제법 빠르게 멀어지자 리즈는 더욱 몸을 움츠렸다.

그리디 도시가 보이자 그의 눈빛에 진한 걱정이 깃들었다.

"스트라케님이 염려됩니다. 괜찮으실까요?"

휀은 대답이 없었다.

그가 그런 식으로 질문을 무시하는 모습을 자주 봤던 리즈는 한숨을 쉬었다.

"클라라가 힘들어할 겁니다."

휀은 역시나 말이 없었다.

조금 뒤 리즈와 함께 저택 정원에 내려온 휀은 클라라를 시작으로 저택 식구 전원이 자신에게 달려오는 모습과 마주했다.

"도련님!"

모두가 리즈를 불렀다. 휀의 부축을 받아 땅을 밟은 리즈는 애써 웃어 보였다.

"모두 괜찮아?"

"도련님이야말로 괜찮으신 겁니까?"

올리버가 다급히 물었다.

도로시는 휀에게서 리즈를 빼앗듯 하더니 그의 몸을 여기 저기 살펴봤다.

리즈의 몸에서 피 냄새가 나자 그녀의 눈 밑에 눈물이 고였다.

"난 괜찮아. 라디언트님께 큰 은혜를 입었어."

"하지만 피 냄새가……."

"아, 내 피는 아니야. 그보다 스트라케님은 어때? 괜찮으셔?"

모두가 말이 없었다. 클라라는 침울함 그 자체였다.

"일단 침대로 옮겨 드렸습니다."

올리버가 말했다.

"그럼 그쪽으로 가볼게. 내가 어떻게든 할 수 있을지도 몰라."

"괜찮으시겠습니까? 스트라케님은 이미……."

올리버가 말끝을 흐렸다.

"괜찮을 거야!"

가만히 있던 마리아가 두 팔을 번쩍 들며 소리쳤다.

그녀는 그런 분위기를 참고 넘길 만한 성격이 절대 아니었다.

"다른 분도 아니고 훼 라디언트님이 계시잖아! 우리들까지 구해주셨어! 스트라케라는 여자도 틀림없이 구해주실 거라고!"

훼은 묵묵부답이었다.

리즈는 모두와 함께 스트라케가 누워 있는 자신의 방으로 향했다.

침대에 누운 스트라케는 밀랍 인형보다 더 핏기가 없었다.

몸에 뚫린 구멍도 그대로였다.

피도, 냄새도 나지 않았다.

클라라는 침대를 붙든 채 친구를 하염없이 바라봤다.

리즈는 그런 클라라를 위해서라도 자신이 반드시 스트라케를 일으켜야겠다고 마음먹었다.

하지만 마음뿐, 정확히 뭘 어떻게 해야 스트라케를 일으킬 수 있을지 짐작조차 가지 않았다.

식구들의 뒤편에 서 있던 휀이 결국 침대 쪽으로 걸어왔다.

"물러나도록."

그의 지시에 클라라를 포함한 모두가 침대에서 물러났다.

그는 장갑을 벗은 뒤 스트라케의 머리에 오른손을 올렸다.

그의 손에서 출발한 빛이 스트라케의 전신에 흘렀다.

"흠."

한숨을 쉰 휀은 장갑을 다시 꼈다.

"라디언트님?"

리즈가 급히 그를 불렀다.

"전투!"

클라라도 난리를 피웠다.

그들을 흘끔 본 휀은 오른손으로 스트라케의 이마를 철썩 내려쳤다.

"쿨럭!"

스트라케의 입에서 기침이 터졌다.

그와 동시에 그녀의 몸에 뚫린 상처로부터 맑은 피가 솟았다.

"아윽, 대체 뭐야! 배가……!"

그녀가 복부를 감싼 채 침대 위에서 뒹굴었다.

대량의 피가 침대 위로 철철 흐르자 리즈가 황급히 손으로 그녀를 눌렀다.

"가만히 계세요, 스트라케님!"

그의 의지와 상관없이 왼쪽 눈에서 빛이 올라왔다.

오딘의 눈에서 터진 빛은 스트라케의 몸으로 스며들어 가 그녀의 몸에 난 상처를 순식간에 회복시켜 주었다.

"어라?"

스트라케가 자신의 몸을 살펴봤다.

눈의 힘이 사라졌는데도 불구하고 자신이 본래의 모습을 유지하고 있자 그녀는 믿을 수 없다는 표정으로 주변 사람들을 둘러봤다.

"저, 전투……!"

클라라가 침대 위로 기어올라 갔다.

"클라라!"

"전투!"

스트라케가 클라라를 껴안았다.

리즈를 포함한 모두가 뛸 듯이 기뻐하는 가운데, 휀은 그 방을 조용히 빠져나가 거실 소파에 앉았다.

극심한 피로가 그의 몸을 눌렀다.

'내가 죽을 것 같군.'

그는 오디세우스와의 전투에서 벌어졌던 일들을 떠올려 봤다.

하지만 그보다 잠이 밀려왔다.

파프니르와 상대할 때부터 그가 소모한 체력은 그만큼 막대했다.

"라디언트님."

마리아가 뒷짐을 진 채 그에게 다가왔다.

휀은 그 작은 흡혈귀를 잠깐 보다가 눈을 감았다.

"한 시간 뒤에 깨우도록."

그가 말을 툭 던지자 마리아가 입술을 불쑥 내밀었다.

"그냥 편히 주무시면 되잖아요?"

휀은 말이 없었다.

대신 속으로는 한 시간이라고 말한 이유를 투덜거렸다.

'누굴 믿고?'

그는 팔짱을 낀 채 잠을 자기로 했다.

마리아가 중얼거리며 어디론가 가는 소리가 그의 귀에서 멀어졌다.

그가 귀중한 수면에 빠지려는 찰나였다.

"훼, 휀 라디언트!"

고함 소리가 그를 깨웠다.

게슴츠레하게 눈을 뜬 휀은 자신 앞에 무릎을 꿇고 앉아 있는 스트라케를 발견했다.

그 옆에는 리즈와 클라라가 밝은 얼굴로 서 있었다.

그들이 왜 왔는지 알고 있는 휀은 극도로 짜증이 났다.

"말씀하십시오."

"감사를 표하려고 왔네!"

스트라케의 얼굴은 완전히 빨개져 있었다.

"명예를 추구하는 아스가르드의 발키리로서, 은인인 자네가 원하는 것은 뭐든지 들어주겠네!"

여기서는 잘 수 없겠다고 판단한 휀이 소파에서 일어났다.

그의 행동에서 무슨 생각을 했는지 스트라케가 소스라치게 놀랐다.

"그, 그렇다고 여자로서 곤란한 부탁은 안 되네!"

"편히 쉬십시오."

휀이 자리를 뜨려 하자 스트라케가 그의 앞을 가로막았다.

"그럴 수는 없네! 자네는 내 은인이자 하이엘바인님과의 약속을 지킨 자일세! 이대로 보내지 않겠네!"

스트라케의 큰 목소리가 휀의 지친 머릿속에서 쩌렁쩌렁

울렸다.

                    *   *   *

리즈의 도시에 묘한 기류가 감돌기 시작한 것은 오디세우스의 격퇴 다음날이었다.

연합군 사령관 중의 한 명이자 도시의 새로운 주둔군 책임자로 임명된 '플로랑 파스토레' 장군은 상급자인 세브리노 록펠과 함께 시찰에 나섰다.

그 시찰의 제1대상은 다름 아닌 스타인 저택이었다.

독립군의 도시 내부 공격을 방어하는 데 혁혁한 공을 세웠다는 것이 그 이유였다.

일단 클라라와 스트라케를 방에 숨긴 리즈는 휀을 비롯한 다른 식구들과 함께 플로랑과 세브리노를 맞이했다.

"저택이 많이 상했군."

플로랑은 흉터로 얼룩진 턱을 주먹으로 받치며 혼잣말하듯 물었다.

어제 오디세우스의 습격으로 저택이 많이 망가진 것은 사실이었다.

하지만 방문이 워낙 기습적이었고 수리할 방도도 딱히 없었기에 리즈는 대단히 겸연쩍어했다.

들직한 체격과 검고 희끗희끗한 수염, 그리고 흉터 등으로 백전노장의 풍모를 보이는 플로랑은 섬세한 체격의 리즈를 못마땅한 눈으로 바라봤다.

"민병대를 이끌며 공을 많이 세웠다고 들었네."

"공작님께 폐를 끼쳤습니다."

"그럴 것 같군."

미운 소리를 한 플로랑은 차를 훌쩍 마셨다.

"부하들을 소개시켜 주게."

"예, 장군님."

그는 먼저 올리버를 소개했다.

"스타인 가문의 기사이자 부대장인 올리버 크라이머입니다."

"장군님을 뵙게 되어 영광입니다."

올리버가 고개를 바짝 든 채 절도있게 인사했다.

"흠. 제구가 좋군."

플로랑은 체구에 따라 사람을 차별하기로 유명한 자였다.

그런 그에게 올리버는 보기 딱 좋은 인재였다.

"그리고 스타인 가문의 마법사이자 저택의 총관리인인 도로시 크라이머입니다."

리즈의 소개에 도로시가 앞으로 나와 치마를 좌우로 가볍게 잡아당기며 고개를 숙였다.

"도로시 크라이머라 합니다."

플로랑은 어딘지 모르게 어둡고 우울한 그녀의 분위기에 고개를 갸웃하다가 올리버와 똑같은 성씨임을 듣고 흥미를 느꼈다.

"올리버와는 어떤 관계인가?"

"남매입니다."

"그렇군. 마법사라고 했는데, 어느 학교를 다녔지?"

"세이토리오 학원을 중퇴했습니다."

"중퇴라……."

플로랑이 묘하게 말을 줄이며 고개를 끄덕거렸다.

뒤이어 마리아와 루파가 소개됐다.

물론 둘 다 멀쩡한 인간으로 소개됐으며 위치는 궁수와 용병 관리인 등으로 적당히 꾸며졌다.

플로랑은 둘에게 관심조차 보이지 않았다.

"음, 이 네 명이 끝인가?"

"용병부대와 의용대는 현재 휴가 중입니다."

"그렇군."

리즈는 거기서 소개를 마치면 될 것이라 생각했다.

그러나 하필이면 그때 휀이 식구들의 뒤를 지나쳐 식당으로 들어갔다.

"저 남자는 누구인가?"

플로랑의 지적에 리즈가 움찔하여 뒤를 봤다.

휀의 뒷모습을 본 리즈는 속이 뜨끔했다.

그가 저택에 있다는 사실은 세브리노 록펠조차 모르는 비밀이었기 때문이다.

리즈는 어찌할까 망설이다가 점점 안 좋아지는 플로랑의 눈빛을 보고 식당 쪽으로 뛰어갔다.

"잠시 기다리십시오!"

결국 리즈에게 붙들려 플로랑 앞으로 나오게 된 휀은 리즈와 올리버의 긴장된 얼굴을 본 뒤 별 말 없이 가만히 자리를 잡았다.

"구, 군사 조언가로 모신 휀 라디언트님입니다!"

리즈가 다급히 둘러댔다.

"군사 조언가?"

세브리노 공작이 고개를 갸웃거렸다.

'왠지 보통 사람이 아닌 것 같긴 한데……. 아니, 그 이전에 어디서 봤었나?'

그는 얼마 전 자기 성에서 휀에게 기습을 당한 뒤 부하들과 함께 당시의 기억이 지워진 전적을 갖고 있었다.

플로랑도 의아해했다.

"어느 군에 있었나?"

그가 묻자 휀은 플로랑과 시선을 마주했다.

"귀찮군."

"응?"

휀의 눈에서 빛이 번뜩였다.

플로랑과 세브리노의 동작이 굳게 멎었다.

휀은 바로 돌아섰다.

"저 돼지와 공작은 10초 뒤에 깨어날 것이다. 나에 대한 것도 잊었을 테니 식당으로 보내지 말도록."

"아, 예."

휀이 다시 식당으로 향했다.

그의 말대로 10초가 지난 뒤, 플로랑과 세브리노가 다시 의식을 회복했다.

플로랑이 자리에서 일어났다.

"왕께서 이 도시의 치안을 나에게 맡기셨네. 공작님과 리즈 스타인 당주의 관계가 밀접하다는 것은 잘 알지만 자네들이 정식 민병대로 등록된 이상 앞으로는 내 명령에 따라주길 바라네."

"다행입니다."

그가 휀에 대해 진짜로 잊어버렸다는 것을 확인한 리즈는 안도의 한숨을 쉬었다.

리즈를 일부러 불편하게 하려고 했던 플로랑은 생각과 전혀 다른 반응에 다시 의아해했다.

"음, 뭐, 그렇게 생각해 주니 고맙군."

플로랑이 다시 인상을 쓰고 위엄을 세웠다.

"내가 지휘하는 군대는 연합군 제3군단이네. 최정예 중하나지. 하지만 군이라는 것은 적군뿐만 아니라 아군의 상황 판단 실수에 의해 큰 피해를 입곤 하네. 부디 젖비린내가 나는 자네의 민병대가 내 군대에 피해를 주지 않길 바라겠네."

그의 발언은 리즈의 성질을 바늘처럼 찔렀다.

"난 도저히 이해가 가지 않아."

플로랑의 얘기가 계속됐다.

그는 저택 식구들 앞에 배를 들이밀며 다가왔다.

"학교를 중퇴한 마법사에, 정말 그 역할을 맡고 있는지 궁금한 계집 둘에……. 이러고도 정말 그 많은 공적을 세웠단 말인가?"

"그렇습니다."

리즈의 목소리가 조금 딱딱해졌다.

"민병대는 왜 창설했나? 스타인 가문의 자금력이 너무 남아돌았나?"

"도시를 지키고 싶었을 뿐입니다."

"호오, 그래? 하지만 부자는 부자답게 개인 소유 부대를 이끌 게 아니라 나라에 투자하면 되는 것이네. 용병들은 모를까, 괜한 만용으로 의용군이 죽으면 비난을 당하는 사람은 바로 자네들을 허락해 준 사람일세."

계속되는 그의 독설에 식구들 사이에도 무거운 냉기가 흘렀다.

"난 공작님과 다르네. 자네와 자네 민병대의 목숨을 보전해 주진 않을 거야. 오히려 효율적으로 백성을 위해 모든 것을 바치는 영광을 줄 수도 있네. 그것이 나와 같은 장군의 도리지."

"……."

"진심으로 이 도시를 구하고 싶나?"

"예, 그렇습니다!"

리즈가 힘차게 대답했다.

"앞으로 좋은 관계가 유지되길 바라겠네, 스타인 당주."

"감사합니다, 장군님."

플로랑이 갑자기 우악스레 리즈의 멱살을 잡았다.

"다시 말해줄 테니 잘 듣게. 백성은 심심해서 구하는 것이 아니야. 자네와 자네의 민병대는 이제부터 백성들을 구한다는 것이 어떤 일인지 내 밑에서 확실히 알게 될 것이네."

리즈를 놓아준 플로랑은 이후 간단한 대화를 몇 마디 더 나

눈 뒤 공작과 함께 저택을 나갔다.

식구들과 함께 저택 정문까지 나가 그들을 배웅한 리즈는 긴 한숨을 쉬었다.

"왠지 피곤하네."

그가 가볍게 투덜대자 다른 식구들도 중얼거렸다.

"내가 녀석을 처치할까? 뭐, 딱히 리즈를 위해 그러려는 건 아니지만."

마리아의 말에 리즈가 사색이 됐다.

모두가 저택으로 돌아왔을 때, 플로랑이 있던 거실에는 휀과 클라라, 스트라케가 각각 앉아서 다과를 즐기고 있었다.

식구들은 그들이 왠지 부러우면서도 미웠다.

"괜찮은 분일지 모르겠네."

리즈가 자리에 앉으며 푸념 비슷하게 질문했다.

"연합군 제3군단은 확실히 유명한 부대입니다."

올리버가 말했다.

"3군단의 어떤 부대는 무기든 갑옷이든 정규 보급품을 쓰는 일 없이 활동하기도 하며, 실력 역시 개개인이 일반 부대 베테랑 급이라는 이야기가 많습니다. 어떤 부대인지 정확히 이야기가 돌아다닌 적은 없지만 그 부대에 배치되는 것만으로도 영광이라고 하더군요."

"그럼 장군님은?"

"장군님도 매우 유명한 분이시죠. 단지 개개인의 희생을 우선시하는 분이라 승률은 높지만 그만큼 전사자도 많습니다."

"하아."

리즈가 다시 한숨을 내쉬었다.

"그런데 왜 그 3군단이 이곳에 배치된 거지?"

"제가 좀 알아봤지요."

루파가 오랜만에 신이 난 얼굴로 말했다.

"독립군의 세력이 최근 상당히 약해졌다고 합니다요. 부족별로 전선을 이탈하는 경우도 많고 말이죠. 그래서 각 왕국마다 자리 잡기 경쟁을 한답니다요."

"그렇구나."

"물론 소문일 뿐이니 너무 믿진 말아주세요."

하지만 루파가 들은 소문은 거의 사실이었다.

아폴론, 아르테미스가 히드라를 앞세워 전개한 네오 올림포스의 1차 침공 이후 네오 올림포스의 오크, 트롤 장악 능력은 확실히 떨어졌다.

오크와 트롤들이 반란을 일으킨 것은 아니었다.

네오 올림포스에서 그들을 동원한 공격이 과연 쓸모가 있겠느냐며 의문을 가진 것이 더 컸다.

각지에서 일어나던 독립군의 공격이 감소하면서 연합군은 대대적인 반격에 들어갔다.

최근까지 수비 위주의 전쟁만을 해왔던 연합군은 몇 차례의 큰 전투에서 승리하며 승기를 잡았다.

그리고 그 이후 각 왕국은 루파의 말대로 각자의 영토를 지키고 확장시키기 위한 경쟁에 돌입했다.

스트라케는 코웃음을 쳤다.

"하지만 이 도시는 상황이 좀 다른데 말이지."

도시는 지하 유적이 무사히 있는 한 꾸준히 위협받을 수밖에 없었다.

그에 대해 알고 있는 스타인 가문의 식구들은 여전히 긴장의 끈을 놓지 못했다.

"라디언트님은 어떻게 생각하십니까?"

리즈가 묻자 휀이 찻잔에서 입을 뗐다.

"내가 알 바 아니지."

"아, 하하……."

리즈가 힘없이 웃었다.

"하이엘바인님 일행은 언제쯤 돌아오실까요?"

리즈가 다시 물었다.

휀이 그를 흘끔 본 뒤 찻잔을 아예 내려놓았다.

"궁금해하는 이유는?"

그렇게 질문해 오니 리즈로서는 딱히 할 말이 없었다.

휀과 대화에 필요한 접점이 사실 그것밖에 없었기에 한 질문일 뿐이었다.

"이, 일단 뵙고 싶기도 하고……."

"그들은 임무를 위해 움직이고 있는 것이지 놀러 간 것이 아니다. 오히려 그들에 비하면 이곳은 천국이나 마찬가지지."

리즈는 더더욱 할 말을 잃었다.

"괜찮아, 리즈."

과일을 열심히 씹던 스트라케가 우물거리며 말했다.

"하이엘바인님은 조만간 반드시 돌아오실 거야. 그분은 전우를 위해서라면 천국이 아니라 지옥이라도 단신으로도 뛰어드시는 분이거든. 그 점은 내가 가장 잘 알지."

클라라는 친구를 가만히 바라보며 눈빛을 깜박거렸다.

'이제 많이 괜찮아졌나?'

클라라는 스트라케가 니블헤임에 갇혀 로키에게 고문을 당한 사실을 알고 있었다.

또한 그녀가 그때의 정신적 후유증 때문에 얼마나 고통을 당했는지도 알고 있었다.

정말 괜찮아졌다면 다행이지만 아니라면 걱정되는 부분이었다.

그래도 스트라케의 얼굴은 밝았다.

클라라는 그녀가 더 이상 늑대의 모습으로 돌아다니지 않아도 되기 때문에 그럴 것이라 생각했다.

'부럽다.'

클라라의 눈빛이 초승달 모양으로 변했다.

*　　　　*　　　　*

제3군단이 도시에 주둔한 지 나흘 후.

비구름이 많이 낀 그날, 스트라케는 아침과 점심 사이의 그 시각에 소파에 누운 채 휀과 클라라를 지켜보고 있었다.

그녀는 늑대의 모습을 하고 있을 때의 버릇 때문에 똑바로 눕지 않고 배를 깔고 누운 상태였다.

휀과 클라라는 체스에 열중했다.

사흘 전, 별생각없이 클라라와 체스를 뒀다가 두 판을 연속으로 패배해 버린 휀은 그때부터 진지하게 클라라를 상대했다.

휀이 오기 전까지 저택 최강을 달렸던 클라라는 휀의 진심 어린 체스에 세 판을 연속으로 진 뒤 좀더 골똘히 생각에 잠겼다.

클라라의 본래 모습은 참하고 차분하지만 그것은 겉모습

에 한정된 사항일 뿐, 그녀는 스트라케 이상으로 승부욕이 강한 여성이었다.

이후 둘은 날만 밝으면 체스를 두는 사이가 됐다.

사실 그 외엔 할 일이 없었다.

그것이 그들이 가진 존재 가치의 단면이었다.

아직까지 휀과 제대로 된 대화를 해본 적이 없는 스트라케는 소파 위에서 둘을 하염없이 지켜봤다.

그녀는 최근 들어 하이엘바인에게 미리 체스를 배워둘 것을 잘못했다며 후회하고 있었다.

클라라가 그녀를 돌아봤다.

"전투?"

"나? 에이, 체스는 됐어. 난 머리 쓰는 일은 잘 못하잖아."

스트라케가 손사래를 쳤다.

그녀는 하이엘바인과 마찬가지로 리즈의 힘을 빌리지 않고 클라라와 대화가 가능했다.

휀이 문득 그에 대해 의문을 가져봤다.

"스트라케님."

그가 자신을 부르자 스트라케가 흠칫했다.

"으, 응? 무슨 일이지?"

"클라라님의 말씀을 이해하십니까?"

휀은 체스 말을 보며 물었다.

저택의 식구들이 최근 알게 된 그의 버릇은 바로 시선이었다.

휀은 정말 중요한 대화 외엔 상대의 눈을 보고 이야기하는 경우가 드물었다.

그에 대해 도로시와 루파는 휀이 자기 자신을 잘 알기에 하는 행동일 것이라는 설을 내놨다.

그것은 제대로 된 근거는 아니었으나 사람들은 대부분 동의했다.

눈을 마주치지 않는 것만으로도 그에 대한 부담이 덜하다는 것이 공통된 감상이었다.

하지만 스트라케는 기분이 그다지 좋지 않았다.

"무, 물론이지. 친구잖아?"

"우정 관계를 떠나서, 번역이나 특별한 능력을 동원하지 않아도 클라라님의 말씀이 들리신다는 뜻입니까?"

"그렇고말고."

스트라케가 머리를 긁적거렸다.

"뭐, 내가 울프헤딘 상태일 때도 하이엘바인님만 내 이야기를 들으실 수 있었지. 혹시 우리가 이상한 건가?"

"추측이지만 세 분 모두 현재의 신계에서 태어나신 분들이 아니기에 그럴 수도 있습니다. 그것만큼 파장이 맞는 조건은 파악되지 않았습니다."

휀이 그렇게 얘기하는 사이 클라라가 체스 말을 뚝딱 놓았다.

동시에 휀의 짙은 금색 눈썹이 꿈틀했다.

클라라는 도발하듯 즐거운 눈빛을 띤 채 허리 위를 좌우로 움직였다.

그녀가 그렇게 행동하니 정말 장난감 같았다.

"어이, 라디언트."

스트라케가 그를 불렀다.

"말씀하십시오."

체스 말이 움직이는 소리가 뒤를 이었다.

"자네가 나에게 원하는 것은 언제 들려줄 생각이야?"

그 이야기는 아직 계산이 안 끝난 상황이었다.

"특별히 원하는 것은 없습니다."

스트라케는 당혹감에 젖었다.

"이봐, 아스가르드의 발키리가 소원을 들어주는 것은 보통 일이 아니라고. 그리고 은혜를 입었을 때 반드시 갚는 것은 우리의 철칙이기도 해."

"원하는 것이 없다는 말도 소원의 일종이라고 생각하십시오."

휀이 다시 체스 말을 움직였다.

"쯧, 쌀쌀맞기는."

그녀가 다시 바짝 엎드렸다. 사내의 것처럼 거친 그녀의 주황색 단발이 왠지 풀이 죽어 보였다.

"그보다 요 며칠, 너무 조용한 것 같지 않아?"

"시끄러운 것을 좋아하신다면 시장에 가보십시오."

"어이, 그런 식으로 얘기할 필요는 없잖아?"

그녀가 엎드린 채 두 팔을 펴 상반신만 올렸다.

휀은 코트 주머니에서 예전에 리즈에게 줬다가 돌려받은 비상용 교신기를 꺼내 그녀에게 건네주었다.

"정찰이라 생각하십시오."

"응?"

교신기를 받은 스트라케의 입술 밖으로 혀끝이 잠깐 나왔다가 들어갔다.

'선물? 남자한테 받는 건 오딘님 이후 처음이잖아?'

그녀는 가슴이 왠지 두근거렸다.

"그, 그럼 난 나갔다 올게. 열심히들 하라고."

소파에서 내려온 스트라케는 저택 밖으로 뛰어나갔다.

뒤이어 딱, 하는 소리가 체스판에 울렸다.

"체크 메이트."

휀이 짧게 읊조렸다.

"전투우!"

클라라가 두 손으로 머리를 감싸고 울부짖었다.

*　　　*　　　*

처음에는 기분 좋게 갑옷을 해제하고 나온 스트라케였지만 막상 시장에 들어선 순간 그녀의 표정은 잔뜩 구겨지고 말았다.

세장에는 상인이나 주민보다 병사들이 더 많아 보였던 것이다.

주둔하고 있는 제3군단 병사의 숫자는 그만큼 많았다.

그들이 주둔한다는 소식을 듣고 도시로 돌아오거나 돌아오는 중인 사람도 상당수였다.

제3군단은 그만큼 유명했고 전적도 화려했다.

오랜 여정과 전투로 여성을 접할 기회가 거의 없었던 병사들은 스트라케가 거니는 모습을 보고 입을 모아 휘파람을 불거나 환호성을 지르는 등 '귀찮은 행위'를 서슴없이 일삼았다.

꼭 스트라케라서 그런 것은 아니었다.

그들은 젊은 여자라면 가리지 않고 추파를 던지는 중이었다.

'전사의 명예를 모르는 것들 같으니.'

성격 같아서는 어느 건물의 기둥이라도 뽑아서 찍어 누르고 싶었지만 진짜 그랬다가는 큰일이 벌어지는 것을 알기에 스트라케는 꾹 참고 계속 걸었다.

늑대의 모습일 때 시선을 받는 것과 본래의 모습으로 시선을 받는 것은 참으로 다른 일이었다.

스트라케는 오히려 지금이 좀 부담스러웠다.

'아스가르드 시절에는 남자든 여자든 전사에 대해서는 동등하게 존경을 보냈는데 말이지.'

그녀는 손으로 자신의 단발머리를 긁적거렸다.

'세상이 확실히 다르긴 하구나.'

다시금 하이엘바인을 따라 말을 달리며 명예로운 싸움을 할 수 있는 날이 올까.

스트라케는 짙은 우울감에 빠져 있는 하늘을 훑듯이 바라보며 생각했다.

어디선가 피리 소리 비슷한 것이 들렸다.

스트라케는 참으로 요사스러운 소리가 다 있다며 투덜거렸다.

술집 밖으로 사람 하나가 튀어나와 쓰러졌다.

마침 근처를 지나던 스트라케의 발걸음이 갑자기 멈췄다.

쓰러진 사람은 앞치마를 두른 중년이었다.

그는 머리부터 가슴까지 거칠게 쪼개져 있었다.

스트라케는 그가 검에 맞아 그렇게 됐음을 알아봤지만 검으로 사람을 그렇게 만들 수 있는 사람은 없다고 봐도 과언이 아니었다.

주민들과 상인들이 너무 놀라 어리둥절해했다.

그런 그들을 향해 병사들이 갑자기 검과 도끼를 뽑아 들며 달려들었다.

"크아아아아!"

병사들은 눈을 뒤집은 채 살육을 개시했다.

몇몇 병사들은 귀를 막은 채 저항해 봤지만 오래가지 못해 무기를 뽑고 도시 사람들을 공격했다.

갑자기 미쳐 날뛰는 것은 초소 위에서 석궁을 들고 시간을 보내던 병사들도 마찬가지였다.

초소 위에서 사람들을 향해 화살을 날리던 그들이 스트라케에게도 석궁을 쐈다.

"뭐야!"

손등으로 화살을 쳐낸 스트라케는 신경을 곤두세우고 주변을 둘러봤다.

피리 소리가 더욱 강해졌다.

그 소리는 스트라케의 귓속까지 파고들었다.

"이런, 시끄러워!"

고함을 지른 스트라케의 몸에서 불꽃과도 같은 기운이 터졌다.

힘으로 피리 소리를 밀어낸 그녀에게 병사들이 민간인들에 대한 공격을 멈추고 일제히 달려들었다.

앞에 선 자가 검을 휘두르려는 순간 스트라케가 역으로 파고들어 상대의 목을 잡았다.

그녀는 뒤따라오던 병사에게 자신이 붙잡은 병사를 집어던져 둘 다 쓰러뜨렸다.

뒤이어 달려드는 병사들 역시 그녀의 손발에 맞아 쓰러졌다.

다른 병사들이 스트라케가 쓰러뜨린 병사들을 짓밟으며 돌격했다.

"어쩌라는 거야!"

스트라케가 오른손을 옆으로 뻗었다.

널빤지 모양의 기마대검, 다인슬라이프가 힘차게 솟아올랐다.

그녀는 검으로 지면을 강타했다.

그 날카로운 충격파가 병사들을 날려 버리고 스트라케의 몸에서 흘러나오는 것과 똑같은 붉은색 기운을 사방으로 퍼뜨렸다.

그녀는 자신의 힘으로 피리 소리를 막아낼 수 있을 것이라 생각했지만 그것은 오산이었다.

병사들은 힘에 밀려 넘어질 뿐, 광기를 잃진 않았다.

병사들이 다시금 들개 떼처럼 그녀에게 몰려들었다.

결국 다인슬라이프의 두꺼운 칼날이 병사들의 목에 휘몰아쳤다.

"이제부터 무조건 정당방위라고!"

목을 잃고 피를 뿜는 병사를 발로 걷어찬 그녀는 늑대의 모습일 때처럼 치아를 드러내고 함성을 지르며 눈빛을 부라렸다.

"카아아앗!"

절반 정도 울프헤딘 상태에 돌입한 그녀가 다인슬라이프를 본격적으로 휘두르기 시작했다.

그녀의 공격은 철저한 일격필살이었다.

한 방에 몇 명 이상의 병사들이 해체되면서 나가떨어졌다.

그녀의 뒤를 포착한 병사가 서둘러 검을 휘둘렀다.

핏덩어리가 하늘로 튀어 올랐다.

하지만 스트라케의 것은 아니었다.

그녀는 뒤에 있던 병사의 공격에 맞춰 앞으로 이동하며 검을 움직였다.

핏덩어리는 그녀의 앞쪽 병사들의 것이었다.

뒤에 있던 병사는 빗나간 검을 다시 맞추기 위해 팔을 들었다.

하나 그가 팔을 올리는 시간보다 스트라케의 속도가 더 빨랐다.

중장갑옷을 입은 병사들이 숨을 헐떡이며 그녀에게 달려들었다.

그러나 다를 것은 없었다.

잘린 방패와 함께 검에 으깨진 내용물을 담은 투구가 하늘로 치솟았다.

무기와 무기가 마주치며 깨지고 갑옷 안팎으로 피분수가 터졌다.

그것은 광기와 광기의 충돌이었다.

어디선가 사람들의 비명 소리가 들렸다.

그 소리에 광기를 잠시 거두고 이성을 되찾은 스트라케는 비명이 들리는 곳으로 뛰어갔다.

그녀는 날뛰는 병사들을 베고 뛰면서 한 가지 사실을 알아냈다.

피리 소리는 병사들만을 노리고 있었다.

하지만 그녀는 그 소리가 어디서 비롯되는지를 감지하지 못했다.

약간 다른 모습의 갑옷을 입은 병사 세 명이 스트라케에게 달려들었다.

몸을 돌리고 꺾어 그들의 검과 창을 피한 스트라케는 대검을 세차게 휘둘렀다.

그런데 병사들이 그녀의 검을 피했다.

피리 소리는 이제 그들에게 광기뿐만 아니라 육체의 한계를 뛰어넘는 힘을 부여하고 있었다.

'이젠 정말 봐줄 수 없겠어!'

스트라케는 병사들의 머리 위로 뛰어올랐다.

몸을 뒤틀며 병사들 사이로 떨어진 그 고대의 발키리는 있는 힘껏 검을 휘둘렀다.

붉은 빛이 원형으로 퍼졌다.

스트라케를 포착하기 위해 고개를 돌려대던 병사들은 주춤하더니 상하로 나뉘며 쓰러졌다.

병사들은 끝없이 달려왔다.

도시 밖에 있던 병사들까지 안으로 밀려들어 오는 상황이었다.

그중에는 궁병과 기병도 상당수 섞여 있었다.

말 울음소리가 스트라케의 머리 위에서 들렸다.

병사들을 사로잡은 광기와 똑같은 것을 눈에 품은 군마가 미친 주인과 함께 건물 위를 뛰어다니고 있었다.

스트라케는 어이가 없었다.

"동물들까지?"

도로로 내려온 기병들이 창을 앞세우고 스트라케에게 돌진했다.

"제기랄!"

그녀는 검을 땅에 박고 비스듬히 기울였다.

그녀의 검과 충돌한 말이 검의 경사를 따라 튕겨져 나갔다.

뒤따라오는 말들도 마찬가지였다.

스트라케는 어깨로 검을 받친 채 돌격이 끝나기를 기다렸다.

혼자 어떻게 안 될 것 같다고 판단한 스트라케는 장소를 벗어나기로 했다.

병사들이 그녀를 표적으로 삼아 움직였다.

주민들에 대한 걱정도 함께 하던 그녀에겐 아주 좋은 상황이었다.

그녀는 달리는 것을 멈추지 않고 훼에게 받아온 비상용 교신기를 사용했다.

"이렇게 사용했던가? 이건가?"

그녀가 교신기의 버튼을 어렵게 눌렀다.

"귀에 대고… 좋아!"

이윽고 교신기 안에서 목소리가 들렸다.

―나다.

"이봐, 라디언트! 스트라케다! 이곳에 이상한 일이 벌어지고 있어! 제길, 병사들이 전부 미쳐서 사람들을 죽이고 있다고!"

―상황을 정확히 말씀하십시오.

휀의 목소리에는 변화가 없었다.

스트라케는 울화통이 터질 것 같았다.

"그러니까… 으……!"

뭔가 생각은 나는데 입 밖으로 나오지 않았다.

매우 급한 성격의 소유자라면 누구나 한 번 이상 겪는 상황이었다.

―병사들을 미치게 한 매개체가 있을 겁니다.

휀이 다시 말했다.

"아! 피리! 피리 소리야!"

―소리가 들려오는 위치를 파악하실 수 있겠습니까?

"몰라! 나도 파악해 보려고 했지만 감지가 안 돼!"

그녀의 귀에 색다른 소리가 들렸다.

뒤를 돌아본 스트라케는 대량의 화살이 포물선을 그리며 자신에게 날아오는 모습을 목격했다.

"이런!"

그녀는 건물 뒤로 움직여 화살을 피했다.

그 화살의 폭풍에 휘말린 민간인들이 고슴도치 꼴이 되어 땅바닥에 누웠다.

"뭐라고 말 좀 해봐! 이대로 가다간 도시 사람이 전부 죽게 생겼어!"

―그렇다면 적들이 오는 방향으로 다시 뛰어가십시오.

"뭐?"

―그쪽은 생존자가 없을 겁니다. 거기서 마음껏 버티며 기다리십시오.

교신이 끊겼다.

교신기를 품에 넣은 스트라케는 뛰던 것을 멈추고 돌아섰다.

"그래, 마음껏 버텨주마!"

그녀가 방향을 바꿔 병사들을 향해 역으로 돌진했다.

스트라케는 아까보다 훨씬 빠른 몸놀림으로 병사들을 유린했다.

박살 나고 베인 그들의 육체가 피와 함께 길바닥을 번들거리게 만들었다.

"난 여기다! 발키리, 스트라케는 이곳에 있다!"

그녀는 울프헤딘 상태를 다시 일으켰다.

그녀의 다인슬라이프가 돌격하는 군마를 꿰었다.

즉사한 군마의 체중과 속도를 버티며 뒤로 미끄러지던 스트라케는 멈추자마자 검을 위로 치켜들었다.

말에 타고 있던 기병이 팔다리를 허우적거리며 병사들 사이로 떨어졌다.

스트라케는 말을 펜 상태로 검을 마구 휘둘렀다.

말의 덩치가 붙은 다인슬라이프는 이제 검이 아니라 둔기였다.

그 고깃덩어리 둔기를 앞뒤로 휘두르며 병사들을 해치우던 그녀는 무게추로 쓰던 말의 하반신이 완전히 부서지자 검을 한 번 더 세게 휘둘러 말의 상반신을 날렸다.

말의 가슴과 머리는 포탄처럼 날아가 병사들을 참혹하게 뭉갰다.

그 야만적인 모습으로 적들을 밀어낸 스트라케는 힘을 잔뜩 먹인 다인슬라이프로 바닥을 찔렀다.

충격이 지면을 타고 퍼졌다.

병사들은 운이 좋으면 넘어졌고 운이 나쁘면 다리가 부러졌다.

쓰러진 자들 위로 병사들의 진격이 계속됐다.

제법 굵직한 발소리도 났다.

경기병이 아니라 중장기병이 몰려오고 있었다.

"쳇!"

그녀의 몸에서 주황색 빛이 올라왔다.

눈동자도 은색으로 빛났다.

시장에 나오기 전에 해제했던 갑옷과 붉은색의 긴 머플러가 그녀의 몸과 목을 단단히 감쌌다.

늑대의 모습이었을 때는 리즈에게 큰 고통을 안겨줬겠지만 지금은 그렇지 않았다.

그녀 자신의 순수한 힘이었다.

중장기병을 향해 붉은색 머플러가 펄럭였다.

그녀의 목표가 된 중장기병은 방패로 자신의 앞을 단단히 가로막고 있었다.

그것으로 스트라케의 발차기는 훌륭히 막아냈지만 그녀는 발차기 정도로 일을 끝낼 생각이 전혀 없었다.

방패를 밟고 도약한 스트라케가 공중에서 방향을 바꿔 중장기병의 머리 위로 다인슬라이프를 휘둘렀다.

미처 방어 자세를 풀 틈도 없이 들어온 공격에 중장기병은 머리부터 복부까지 단번에 베였다.

스트라케는 갑옷에 박힌 검을 뽑고 중장기병의 몸통을 발로 가격했다.

갑옷 입은 시체가 뒤따라 달리는 중장기병의 말발굽에 걸렸다.

그것은 깅칠 덩어리의 덫이나 다름없었다.

마갑을 걸친 말의 거대한 덩치가 머리를 땅으로 향한 채 튀어 올랐다.

다시 떨어지는 말에 방해당한 중장기병들의 위로 스트라케가 뛰어내렸다.

요란한 소리와 함께 갑옷, 투구 사이로 쇠가 깎일 때 나는 불똥이 튀었다.

그렇게 말과 말 사이를 뛰며 중장기병들을 처리하는 스트라케를 따라 붉은색의 빛줄기들이 움직였다.

그 빛들의 시작은 스트라케가 만든 시체였다.

중장기병들을 처리한 그녀가 다시 땅을 밟았다.

그녀는 성문과 상당히 가까워진 상태였다.

그만큼 병사들의 밀집도도 높았다.

다인슬라이프가 반사하는 검광이 병사들 사이에서 다시 춤을 췄다.

머리 또는 가슴 이상을 잃은 병사들의 몸이 사방으로 날아갔다.

병사들은 날아가는 시체들이 뿌리는 피의 소나기를 맞으며 즐거워했다.

이제 스트라케를 노린 병사들의 흐름은 없었다.

그녀가 있는 장소가 바로 광기의 중심지였다.

셀 수 없이 많은 죽음을 선사한 그녀의 몸에서 붉은 아지랑이가 뚜렷이 피어올랐다.

'좋아, 적당히 쌓였어!'

그녀가 두 팔을 벌렸다.

"하앗!"

그녀의 전신에서 붉은색 섬광이 터졌다.

폭발의 유효 범위 안에 있던 병사들과 건물들이 단숨에 분해되었다.

성벽은 금이 가거나 무너졌고 유효 범위 밖에 있던 병사들도 몸이 으스러지는 피해를 입었다.

그녀는 자신에게 죽은 상대로부터 피어오르는 죽음의 기운을 흡수하여 몸에 가둘 수 있었다.

그 기운은 보통 근력을 높이거나 몸에 쌓을 만큼 쌓은 후 지금처럼 폭발시켜 강력한 무기로 삼을 수 있었다.

그것이 그녀가 지닌 발키리로서의 특징이었다.

폭발이 만든 빈 공간이 그녀에게 쉴 틈을 주었다.

'라디언트 녀석은 왜 안 오지? 시간이 꽤 흘렀다고!'

그녀의 시야에 병사들이 다시 들어왔다.

피리 소리는 여전했다.

"좋아, 오너라!"

고래고래 소리치는 그녀를 성벽 위에서 지켜보는 자가 있었다.

하얀색에 가까울 정도로 색이 바랜 금발의 미녀였다.

그녀는 반투명한 녹색의 원피스로 자신의 몸을 가볍게 감싸고 있었다.

"나의 피리 소리가 어째서……?"

그녀는 피리 소리가 통하지 않는 스트라케를 슬픈 눈으로 바라봤다.

"그러나 이 세이렌, 친애하는 오디세우스님의 원수를 반드시 갚겠나이다."

그녀가 다시 피리를 입에 댔다.

"이 몸이 부서지더라도!"

더욱 강력하고 날카로운 피리 소리가 도시를 해일처럼 뒤덮었다.

그녀의 옆에는 가면의 존재, 비숍이 모습을 감춘 채 앉아 있었다.

'저 발키리, 힘을 완전히 되찾았군. 이 아가씨가 혹시나 도움이 될까 해서 데려왔지만 쓸모가 없어.'

그가 가면의 턱을 만졌다.

'옛 신계와 지금 신계의 파장이 달라서 그런가? 이렇게 가까운데도 안 통하다니 예상 밖이야. 그렇다면 클라라라는 계집에게도 안 통하겠지. 이거 괜히 힘만 낭비하는군.'

그는 로브 안에서 카드 한 장을 꺼냈다.

'아이기스를 가져가긴 가져가야 하니 이걸 써볼까? 벌써 쓰기엔 좀 아까운 카드지만 할 수 없지.'

그가 피리를 부는 여성, 세이렌의 둔부를 반대편 손으로 두드렸다.

"세이렌님."

세이렌이 흠칫 놀라 피리 부는 것을 멈췄다.

"좀 쉬시오. 내가 다른 방법으로 도와드리리다."

"비숍님? 하지만 이것은 제 개인적인⋯⋯!"

"알고 있소. 하지만 남의 도움을 거절하는 것은 실례라오. 내가 저 여자를 처리해 줄 테니 그때까지만 쉬시오."

세이렌은 말없이 뒤로 물러났다.

비숍은 아까의 카드를 찢어 스트라케 쪽으로 던졌다.

'재회를 기뻐하라고, 아가씨.'

비숍이 들리지 않게 키득거렸다.

찢어진 카드가 흩어지면서 먼지 폭풍이 일어났다.

병사들에게 집중하던 스트라케가 그 먼지폭풍을 보고 놀랐다.

"이건?"

바닥에 내려온 먼지 폭풍을 헤치며 붉고 거대한 몸집의 존재가 나타났다.

돌을 깎아 만든 조각상, 혹은 쇠를 인간의 모양으로 두드려 만든 것 같기도 한 그 존재는 커다란 배기구가 뚫린 팔을 불끈 움직이며 숨을 들이마셨다.

"시련을 바라는 자가 그대인가?"

중후한 목소리와 함께 그 존재의 눈구멍에서 노란색의 불이 들어왔다.

"난 하이 디사이플, 베노로스. 그대가 겪어야 할 시련이다."

그의 눈이 불타면서 땅이 흔들렸다.

세이렌의 피리 소리에 홀려 있다가 풀려난 병사들은 모조리 혼절하여 땅에 쓰러졌다.

스트라케의 눈이 전에 없이 커졌다.

"베노로스님?"

그녀는 눈앞에 나타난 존재, 베노로스가 누구인지 알고 있었다.

하이엘바인의 부친, 토르를 따라 전쟁터를 누비던 전사 가운데 가장 뛰어난 자이자 라그나로크 전쟁을 앞둔 아스가르드를 지키기 위해 본래의 육체를 버린 숭고한 영혼의 소유자였다.

그런 그가 뜬금없이, 그것도 하이 디사이플이라는 낯선 단어를 읊조리며 나타나자 스트라케의 정신이 혼란스러워졌다.

"전사여, 나, 창염(昌炎)의 베노로스를 아는가?"

"정신 차리십시오!"

스트라케가 소리쳤다.

"발키리, 스트라케입니다! 당신과 함께 하이엘바인님 밑에서 싸우지 않았습니까!"

"그런 허언(虛言)으로 시련을 피할 수는 없다."

베노로스가 주먹을 굳게 쥔 오른손을 들었다.

"위대한 자의 법칙에 의거, 시련을 강제 집행하도록 하겠다."

"베노로스님!"

다시 그의 이름을 부르짖은 스트라케의 옆쪽에서 뜨거운 기운이 일어났다.

둔탁한 소음과 함께 베노로스의 거대한 발이 그녀의 목과 어깨 사이에 꽂혔다.

"크악!"

스트라케의 몸이 성벽에 부딪혔다.

그녀는 무너진 성벽에 잠시 달라붙어 있다가 땅에 떨어졌다.

'이 강함은……!'

그녀는 어깨를 붙잡고 일어났다.

베노로스는 그녀를 향해 발걸음을 옮겼다.

"시련, 시련, 시련……!"

그의 눈이 다시 빛났다.

베노로스가 강철처럼 단단한 자신의 두 주먹을 가슴팍 앞에서 맞부딪쳤다.

"전사여, 멸망한 자들의 노래를 들어라!"

그의 팔뚝에 뚫린 배기구가 크게 확장됐다.

그곳으로부터 백색의 불꽃이 살기를 머금고 뿜어졌다.

스트라케는 그 기술이 무엇인지 알고 있었다.

'진짜 베노로스님이란 말인가!'

이윽고 주먹을 뗀 베노로스가 스트라케를 향해 손을 펼쳤다.

'빌어먹을!'

스트라케는 눈앞의 공간 전체가 하얗게 탈색되는 것을 목격했다.

중력, 기압의 굴레로부터 전신이 박탈되는 느낌도 함께 받았다.

모든 게 편했다.

하지만 스트라케는 그 평온함이 인지 능력의 한계가 돌파되면서 온 거대한 부조리(不條理)의 일부임을 알고 있었다.

"아아악!"

거대한 강철 덩어리에 부딪친 듯한 충격이 그녀의 전신에 꽂혔다.

기술을 마친 베노로스가 천천히 팔짱을 꼈다.

스트라케가 땅에 무릎을 대며 쓰러졌다.

그리고 주변에 쓰러져 있던 병사들의 몸이 거품처럼 일어나 폭발했다.

스트라케는 비틀거리며 일어났다.

'니벨룽겐리트! 아는 기술이라지만… 역시 피할 수가 없어!'

그나마 충격을 줄이는 것이 고작이었다.

'하이엘바인님이 쓰셨다면 곤죽이 됐겠지.'

기침이 그녀의 입에서 계속 나왔다.

마지막에는 맑은 피까지 섞여 나왔다.

"무사하군."

베노로스가 팔짱을 풀었다.

"시련을 계속 부여하겠다."

"으윽!"

그녀는 니벨룽겐리트를 맞는 상황에서도 놓지 않은 다인슬라이프를 다시 들었다.

베노로스를 향해 돌진한 그녀는 그의 팔뚝에 뚫린 배기구를 살폈다.

'냉각되기 전에 쳐야 해! 냉각이 끝나면 두 번째 니벨룽겐 리트가 올 거야!'

그녀가 두려워하는 기술, 니벨룽겐리트는 원래 아스가르드 신족이 사용하는 특수한 격투 기술이었다.

본래 인간 태생의 전사였던 베노로스는 미미르의 손에 개조되어 니벨룽겐리트를 사용할 수 있는 몸을 갖게 되었지만 한계는 존재했다.

기술의 전개 직후 체온이 극도로 올라가게 되는데, 그것은 현자라고 불리던 미미르조차 해결하지 못했다.

유일한 방법은 냉각이었다.

베노로스의 팔에 붙은 배기구에서는 그 냉각을 위한 열기가 뿜어지고 있었다.

'다시 한 번, 울프헤딘을!'

그녀의 눈에서 은색의 빛이 광적으로 뿜어졌다.

"카아아아앗!"

스트라케가 은색의 잔상을 허공에 남기며 초고속으로 움직였다.

묵직하게만 움직일 것 같던 베노로스 역시 붉은색의 잔상을 일으키며 대응했다.

강렬한 충격파가 베노로스의 머리를 가로질렀다.

스트라케는 자신의 검을 깔끔하게 막아낸 베노로스의 팔

뚝을 노려봤다.

다음 순간 주먹과 발차기의 잔상이 스트라케에게 닥쳐왔다.

스트라케는 본능적으로 검을 세워 방패로 삼았다.

엄청난 쇳소리가 다인슬라이프의 표면에서 터졌다.

"으으윽!"

뒤로 밀려나다가 땅을 구른 스트라케는 몸 구석구석에서 올라오는 통증에 힘겨운 숨소리를 냈다.

우뚝 선 베노로스가 주먹을 다시 쥐었다.

"훌륭한 전사다, 스트라케."

"정신 좀 차리십시오, 베노로스님!"

그녀가 늑대처럼 울부짖으며 검을 움직였다.

둘의 모습이 비숍의 시야에서 잠깐 사라졌다.

뒤이어 베노로스의 어깨에 가슴을 강타당한 스트라케가 다시 나타났다.

멀리서 보고 있던 비숍이 만족한 듯 고개를 끄덕거렸다.

'그래, 역시 쓸모있군. 좋은 카드야! 휀 라디언트가 오기 전까지 저 발키리 아가씨를 쓰러뜨릴 수 있겠어!'

그 순간 스트라케의 검이 베노로스의 복부에 꽂혔다.

베노로스가 비틀거리사 비숍의 가면 무늬가 실망감으로 붉게 빛났다.

'크흠.'

하지만 베노로스는 뒤로 두 발자국 정도만 물러났을 뿐이었다.

스트라케의 검을 간단히 옆으로 쳐낸 베노로스는 주먹으로 상대를 후려갈겼다.

몸을 숙여 피한 스트라케의 등판에 굵직한 그림자가 맺혔다.

수직으로 올라간 베노로스의 발뒤꿈치가 그녀의 등허리를 찍어 내렸다.

"크악!"

그녀의 입에서 뿜어진 피가 흙바닥 위에 길게 퍼졌다.

"훌륭했다."

베노로스는 다인슬라이프를 옆으로 걷어찼다.

"그러나 시련을 통과할 자격은 부여할 수 없다."

베노로스가 굳게 쥔 두 주먹을 가슴팍 앞에서 맞부딪쳤다.

니벨룽겐리트의 자세였다.

스트라케는 검이 있는 곳을 향해 엉금엉금 기어갔다.

지금 상황에서 니벨룽겐리트를 버티려면 검을 드는 수밖에 없었다.

'하이엘바인님! 클라라!'

그녀의 소망을 걷어내듯 베노로스가 숨을 크게 들이마셨다.

"이겨내 봐라! 멸망한 자들의 노래를!"

팔뚝의 배기구에서 백색의 불꽃이 뿜어졌다.

하얀빛이 스트라케의 눈을 방해했다.

니벨룽겐리트가 주는 부조리한 느낌이 그녀의 몸을 마비시켰다.

기술을 전개하던 베노로스의 눈빛이 갑자기 밝아졌다.

니벨룽겐리트는 일격으로 상대를 쓰러뜨리는 것이 아니라 초고속으로 공간을 두드려 상대를 짓눌러 버리는 기술이었다.

그 상황을 무시하듯 하얀 코트를 입은 사내가 니벨룽겐리트의 범위 내에 홀연히 들어와 스트라케를 들고 나갔다.

"으음!"

베노로스가 기술을 중단했다.

니벨룽겐리트에 의한 폭풍이 주변을 격렬하게 진동시켰다.

모든 것이 끝난 뒤, 베노로스가 목격했던 사내가 옆에 들고 있는 스트라케를 땅에 내려놓았다.

그 백색 코트의 남자는 이상한 모양으로 뜯겨진 코트 깃을 만졌다.

"훌륭하군."

그가 싸늘하게 감탄했다.

베노로스가 오른손을 옆으로 내밀어 뭔가를 버렸다.

코트의 남자가 만지던 옷깃의 일부였다.

"니벨룽겐리트를 피하다니, 놀랍군. 전사여, 그대의 이름을 말하라."

"휀 라디언트."

성벽 위에서 그 광경을 본 비숍이 두 손으로 가면을 감쌌다.

'아윽, 제기랄!'

베노로스가 팔짱을 꼈다.

"전사, 휀 라디언트여. 이 창염의 베노로스가 그대에게 시련을 부여하겠노라."

"좋을 대로."

휀이 플렉시온을 뽑아 들었다.

"그전에 묻고 싶군."

"말하라."

"혹시 피리 불기에 흥미가 있나?"

"헛소리!"

베노로스의 온몸에서 강렬한 기운이 흘러나왔다.

스트라케와 싸울 때보다 훨씬 강력한 수준이었다.

그는 붉은 잔상을 남기며 휀에게 돌진했다.

하지만 그의 주먹은 허공을 가로질렀다.

대신 플렉시온의 칼날이 그의 가슴을 후려쳤다.

칼날이 더 깊게 들어가기 직전, 베노로스가 다시금 잔상을 남기며 사라졌다.

순식간에 휀의 옆으로 돌아 들어간 베노로스는 거구와 어울리지 않는 유연한 움직임으로 휀을 타격했다.

주먹, 무릎이 휀의 옆구리와 등판을 차례로 가격했다.

뒤이어 묵직한 돌려차기가 휀의 안면을 강타했다.

거기서 베노로스가 동작을 멈췄다.

세 차례 두들겨 맞았던 휀의 모습이 빛의 입자로 변해 흩어졌다.

베노로스는 아까 자신이 있던 곳으로 고개를 돌렸다.

휀은 베노로스가 버렸던 깃 조각을 들어 찢어진 부분과 맞추고 있었다.

떨어졌던 부분끼리 이어지면서 말끔한 모양새가 돌아왔다.

그 모습을 묵묵히 바라보던 베노로스가 주먹을 풀고 눈빛을 껐다.

보통 사람이 눈을 감는 것과 똑같은 행동이었다.

그의 눈에 빛이 돌아왔다.

"잠시 전사의 마음을 갖게 됐군."

그가 자세를 다시 잡았다.

"위대한 자의 법칙에 따라 시련을 계속 집행하겠노라."

마침 스트라케가 눈을 떴다.

발키리로서 갖고 있는 그녀의 재생 능력은 상당한 수준이었다.

'라디언트?'

그녀는 베노로스와 마주하고 있는 휀의 모습에 안도감을 느꼈다.

'라디언트라면 베노로스님을 상대할 수 있겠지. 하지만 베노로스님은……'

그녀의 눈이 휘둥그레졌다.

휀이 품속에서 교신기를 꺼냈다.

성벽 위에 있던 비숍과 베노로스 모두 싸움과는 전혀 상관없는 그의 행동에 의아해했다.

"베노로스여, 그대가 말하는 위대한 자란 누구인가?"

"대답할 의무는 없다."

"하이엘바인? 브리간트?"

베노로스는 아무 반응도 보이지 않았다.

비숍이 내심 키득거렸다.

'이봐, 저 녀석에게 이름 따위는 통하지 않아.'

휀은 교신기를 잠시 귀에 대고 있다가 베노로스를 향해 내밀었다.

—오, 오오? 리오, 이렇게 얘기하면 되나? 그래, 그렇군!

조금 들뜬 여성의 목소리가 들렸다.

—휀 라디언트? 자네가 웬일인가? 클라라와 스트라케는 잘 지내나? 하하, 마침 그 아이들이 보고 싶던 참이네.

스트라케의 눈동자가 뜨거워졌다.

'하이엘바인님!'

하마터면 울음소리를 낼 뻔한 스트라케는 입을 막고 감정을 감췄다.

그런 그녀보다 더 심한 반응을 보이는 자가 있었다.

"토, 토르님의… 막내. 아스가르드의… 마지막…… 보물. 모두가 존경하고… 사랑한 분!"

베노로스가 머리를 감싸 쥐었다.

—베노로스……? 베노로스가 아닌가!

교신기 속의 하이엘바인이 당혹해했다.

"우오오오오오!"

괴성을 지르며 괴로워하던 베노로스가 먼지 폭풍으로 변해 성벽 위로 올라갔다.

그 폭풍은 한 장의 작은 카드로 다시 한 번 변했다.

"나중에 말씀드리겠습니다."

말을 남긴 뒤 교신을 끊은 휀은 카드가 멈춘 장소를 노려봤다.

"오디세우스 때부터 따라다니는군."

"……."

"모습을 드러내라."

휀의 등 뒤에서 기하학적인 형태의 고리가 떠올랐다.

카드가 멈춘 장소 주변을 오비탈 드라이브가 만들어낸 빛의 문장들이 촘촘히 둘러쌌다.

"이런, 이런. 후후후후."

숨어 있던 비숍이 키득거리며 모습을 드러냈다.

"다시 만나는군, 휀 라디언트. 이것으로 두 번째 인사인가?"

『가즈 나이트 R』 7권에 계속…

초대형 24시 만화방

신간 100%, 샤워실, 흡연실, 수면실(침대석), 커플석, 세탁기 완비

▪ 시흥 정왕25시점 ▪

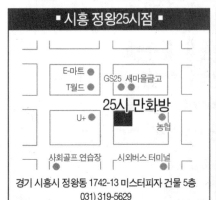

경기 시흥시 정왕동 1742-13 미스터피자 건물 5층
031) 319-5629

▪ 강북 노원역점 ▪

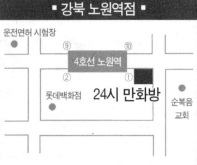

서울 노원구 상계동 340-6 노원역 1번 출구 앞 3층
02) 951-8324 (화용빌딩 3층)

▪ 일산 정발산역점 ▪

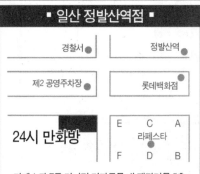

라페스타 E동 건너편 먹자골목 내 객잔건물 5층
031) 914-1957

▪ 일산 화정역점 ▪

경기도 고양시 덕양구 화정동 984번지 서일빌딩 7층
031) 979-4874 (서일사우나 건물 7층)

▪ 부천 역곡역점 ▪

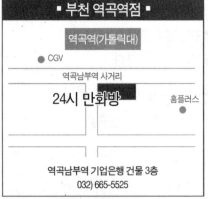

역곡남부역 기업은행 건물 3층
032) 665-5525

▪ 부평역점 ▪

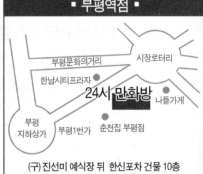

(구) 진선미 예식장 뒤 한신포차 건물 10층
032) 522-2871

고검독보

천성민 新무협 판타지 소설

FANTASTIC ORIENTAL HEROES

강남 무림을 일대 혼란에 빠뜨린 마라천.
그들을 막아선 것은
고독검협(孤獨劍俠)이라 불린 일대고수였다.

마라천이 무너지고 난 후,
홀연 무림에서 모습을 감춘 고독검협.

그리고 수 년…….

그가 다시 무림으로 나섰다.
한 자루 부러진 녹슨 검을 든 채로……!

Book Publishing CHUNGEORAM

유행이 아닌 자유추구 -
WWW.chungeoram.com

이계진입
리로디드

임경배 퓨전 판타지 소설

FUSION FANTASTIC STORY

『권왕전생』 임경배의 2015년 신작!

『이계진입 리로디드』

왕의 심장이 불타 사라질 때,
현세의 운명을 초월한 존재가 이 땅에 강림하리라!

폭군으로부터 이세계를 구원한 지구인 소년 성시한.
부와 명예, 아름다운 연인…
해피엔딩으로 이야기는 끝인 줄 알았건만
그 대가는 지구로의 무참한 추방이었다.
그리고 10년 후……

"내가 돌아왔다! 이 개자식들아!"

한 번 세상을 구한 영웅의 이계 '재'진입 이야기!

Book Publishing CHUNGEORAM

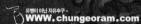

유행이 아닌 자유추구 -
WWW.chungeoram.com

FUSION FANTASTIC STORY

자미소 장편소설

GRAND SLAM
그랜드슬램

2016년의 대미를 장식할 최고의 스포츠 소설!!

Career record : 984W 26L
Career titles : 95
Highest ranking : No.1(387weeks)
Grand Slam Singles results : 23W
Paralympic medal record : Singles Gold(2012, 2016)

**약 십 년여를 세계 최고로 군림한 천재 테니스 선수.
경기 내내 그의 몸을 지탱하고 있는 것은…… 휠체어였다.**

『그랜드슬램』

**휠체어 테니스계의 신, 이영석(32).
그는 정상의 자리에서도 끝없는 갈망에 사로잡혀 있었다.**

"걷고 싶다, 뛰고 싶다. …날고 싶다!!"

**뛸 수 없던 천재 테니스 선수
그에게, 날개가 달렸다!!!**

GAME BALL

게임볼 설경구 장편 소설
FUSION FANTASTIC STORY

무명의 야구인이었던 남자,
우진이 펼치는 야구 감독으로서의 화려한 일대기!

『게임볼』

"이 멤버로 우승을 시키라고?"

가상 야구 게임,
게임볼을 통해 인생 역전을 꿈꾸는

한 남자의 뜨거운 행보에 주목하라!

Book Publishing CHUNGEORAM

유행이 아닌 자유추구-
WWW.chungeoram.com

투신 강태산

박선우 장편소설

FUSION FANTASTIC STORY

무림을 휩쓸던 '야차(夜叉)'가 돌아왔다.

『투신 강태산』

여행사 다니는 따뜻한 하숙생 오빠이자
국가위기 특수대응팀 '청룡'의 수장.
그리고 종합격투기계를 휩쓸어 버린 절대강자.
전 세계를 무대로 펼쳐지는 투신 강태산의 현대 종횡기!!

"나는, 나와 대한민국의 적을, 철저하게 부숴 버릴 것이다."

서러웠던 대한민국은 잊어라!
국민을 사랑하는 대통령과 절대강자 투신이 만들어 나가는
새로운 대한민국이 펼쳐진다!!

Book Publishing CHUNGEORAM

유행이 아닌 자유추구 -
WWW.chungeoram.com

FUSION FANTASTIC STORY
서산화 장편소설
Miracle Direction
기적의 연출
천재 영화감독, 스크린 속 세상을 창조하다!
『기적의 연출』
대문호 신명일과 미모로 손꼽히던 여배우 김희수의 아들 신지호.
일가족은 불운한 사고로 인해 크나큰 비극을 겪는다.
이 사고로 섬광 기억(Flashbulb memory)이라는 능력을 얻게 된 그 순간!
그의 모든 게 달라졌다.
"배우의 혼을 이끌어내고, 관중의 영혼을 붙잡아야 합니다.
그게 제 목표입니다."
완전한 감독을 꿈꾸는 신지호.
이제 그의 영화가, 세상을 홀린다!
PROD.
SCENE
Book Publishing CHUNGEORAM
유행이 아닌 자유추구 -
WWW.chungeoram.com